名家名篇

阳光穿透岁月的墙

侯钦民 著

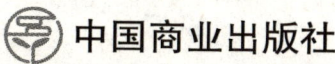
中国商业出版社

图书在版编目（CIP）数据

阳光穿透岁月的墙 / 侯钦民著. -- 北京：中国商业出版社，2019.6

ISBN 978-7-5208-0754-8

Ⅰ.①阳… Ⅱ.①侯… Ⅲ.①中国文学－当代文学－作品综合集 Ⅳ.① I217.2

中国版本图书馆 CIP 数据核字（2019）第 084956 号

责任编辑：常　松

中国商业出版社出版发行
010-63180647　www.c-cbook.com
（100053 北京广安门内报国寺 1 号）
新华书店经销
北京天恒嘉业印刷有限公司印刷
＊
710 毫米 ×1000 毫米　16 开　15 印张　230 千字
2019 年 8 月第 1 版　2019 年 8 月第 1 次印刷
定价：58.00 元
＊＊＊
（如有印装质量问题可更换）

妙笔仁厚行天地

——写在战友侯钦民《阳光穿透岁月的墙》出版之际

陈廷一

年前,钦民来电说要出版一个集子,书名《阳光穿透岁月的墙》,嘱我作序。我说我正在赶写一部长篇,欲罢不能,待我杀青,再议此事。直到年后完稿回鹿邑,见到钦民先生,便把样稿拿来,用三天时间审读了近20万字的书稿,掩卷沉思,原来看似熟悉的文友,却让我顿感陌生、刮目相看了。

老子故乡盛传"悟道",我却悟出了其文其魂。钦民小我十岁,我客居京城,他久居故乡,见面不多,深聊更少,先前对钦民仅限在礼节层面的了解,也零星地看过他的作品。直到看了这部集子,让我对钦民有了颠覆性的看法。这岂止是一本集子,不如说是钦民的自传体小说。他自说心话,自谈心事,小事微情,细节末枝,却真挚感人,说到动情处,还不免有泪花挂面。尤其是一个鸡蛋、一支钢笔、一篇上报小稿,诸如此类的描述,都是那么娓娓道来,娓娓动听,让人一下进入了情感的深井,自拔不能。钦民生不逢时,两岁殇了娘,跟着哥嫂度时光。那时时光难熬,每年生日嫂子一个水煮鸡蛋,让他热泪盈眶,于是动情地喊出了"嫂娘"。从此他不光感恩嫂娘,还记住了"9.18"的生日——这个日本入侵中国的历史节点。也是在这天,他用他的绝顶聪明,一本书搞定了爱看书的接兵军医,如愿以偿地穿上了橄榄绿。哪知铁打的营盘流水的兵,三年后命运又把他抛回故乡。他不屈命运的安排,打工新疆。又三年,他获赠一支笔,毅然决然走上了文学的不归路,直到成功,修成正果。在老子故里130万人口的大县,出任鹿邑县作协主席、《老子文学》主编,可喜可贺。他的作品自然、率真、平实、随意、性情,信手取材,寓意深刻。正如他自己所说:"以文学起步、以文学成'家',成就了我的今天。我感激文学,是因为在我受到挫折一筹莫展的时候,唯有文学为我指路;我感激文学,是因为在我受到讥讽挖苦、遭受白眼的时候,唯有文学听我倾诉;我感激文学,是因为在我一事无成、恋人弃我而去的时候,唯有文学替我分忧。文学是我心灵的依靠,文学是我精神的寄托。"我想这部集子的出版意义全在这里了。

先说获奖作品《王二愣小传》,它是钦民的成名作。作品不长,活脱脱写出了酒乡王二愣的鲜明性格。虽是凡人小事,却是栩栩如生,让人不相信真实都不可能。从王二愣相亲,到结婚,再到当"武装部长",一举成名。故事诙谐幽默,人物风趣可爱,都是酒乡隐约可寻的真实人物。王二愣身上体现了钦民先生生活底子的厚重,难怪写活了王二愣。

文以载道,文亦渡心。钦民在获奖后又陆续写了《狗子的爱情》《恶人恶报》《官路》等作品,都是成功的,但我看,并没超越获奖作《王二愣小传》。应该说,这亦是钦民一生文学创作中的憾事。

从小处着眼、低处落笔,展现出繁杂纷扰的大世界,这是侯钦民创作中的独辟蹊径。作品《良心》,以小见大,写的是两个抬头不见低头见的乡邻,因债务纠纷上了法庭。临到执行时,原告良心发现,动了恻隐之心,被告感动,迅速还上债务。原来在法庭之上,还有道德层面的良心。良心,是做人、做事的底线。作为法官如此,作为一位作家,更应该如此。钦民20多年的法官生涯,公平公正是国徽赋予他职业和创作的神圣。"知其不可为而为之",追求社会的"公正",梦想底层百姓应有的"尊严",并通过自己的方式不懈努力之。这不正是中国知识分子宝贵的精神传统吗?《良心》一文使他真正成为了鹿邑的"良心作家"。作品敢担当,创作讲良心。这样的作品,我算了算占了集子的大半部。诸如《追查》《发不出去的判决书》《派车》《女理发师》《应该复苏的人性》等。

乡愁是一首诗,是一首歌,是一壶酒,浓烈而有滋味,越品越烈。欲望是填不平的沟壑,唯有人性的乡愁,如一盏灯,能照亮远方,守望初心。《酒乡酒人酒事》是酒乡中遥远而又缥缈的故事,有浓烈的乡愁,又如他的自画像。钦民是以写亲情散文而见长的高手,应该说《酒乡酒人酒事》是他写得最好、最有品位的一篇,直抒胸臆、大张大合。生活中钦民以文会友,他以酒交友,常说:"文可见心,酒能见性。"平日里,与三五文友相邀,品茗饮酒,煮文烹字,指点江山,逍遥人生,岂不快哉!读钦民的亲情散文,你会领略到他坚强外表下不同寻常的细腻、体贴、隐忍与脆弱,体味他参透悟透一切的禅意人生中所表现出来的那份执着、达观、昂扬和力量。《怀念爷爷》《怀念舅舅》《当兵的日子》《难忘的情谊》……每一个主人公,每一个小场景,每一个小片段,总能勾起人们的万般遐思,引发人们的诸多感慨,那些铭心刻骨、血浓于水的亲情记忆,那些如泣如诉、欲语泪流的亲情故事,那些永不再来无法复制的亲情岁月……

　　同时,钦民还是一个感恩、念恩的人,感恩的情节融入了他全书的笔墨,穿透纸砚。应该说他的一生巧遇诸多贵人相助,包括文学之路,像朱秀海、仵广才、毕其才、王尚林、王自新、王建良、范仲杰、谢庆立、杨玉璞、李建成、马四新、胥茂森、郭亚东、侯俊昌、刘艳杰、吴杰、宁高明、陈新合、焱森、邢庆杰、李玉敏、红尘有爱等,一个个像夜空中闪烁的星星,数都数不完,给他指路,都是他要感恩的人。每个感恩的人都有一段感恩的故事,诸多的感恩故事便成全了这部有热度、有温度、有高度的书稿。读着这一篇篇故事,犹如看到他在文学的高原上攀登的步履,坚韧不拔,初心不改。我赞成这种精神,推举这种精神,但愿这种精神像种子一样,在老子故里生根发芽,涌现出更多的像钦民这样的作家!是为序。

戊戌春月,于北京南城云静斋

　　陈廷一,笔名晨光、常青、程广,老子故乡人,军旅出身,吉林大学中文系文学专业毕业。现任中国国土资源作家协会副主席,原任中国大地出版社副总编辑、编审、国土资源部高级职称评委,国务院特殊津贴专家,中国作家协会会员,北京市华人文化研究院研究员,中国报告文学学会理事,中国传记文学学会理事,中国通俗文艺研究会常务理事,国内著名畅销书作家,传记文学界有"南叶北陈"称号。2005年荣获中国优秀传记文学作家"十佳"

称号。2011年入选"中国当代人物传播百家"。2014年8月开创基尼斯文学纪录，荣获"个人撰写、出版传记文学专著数量之最（101部）"称号。《许世友传奇》《孙中山大传》和《宋氏三姐妹》分别荣获1997、1999和2003年新闻出版总署优秀畅销书奖；《皇天后土》和《国土九章》分别荣获第三、四届中华宝石报告文学奖；《共和之路——孙中山传》荣获2009年首届华侨文学奖纪实类金奖；《生死系于土地》获2012年全国报告文学奖。《中国之蒿》位居2016年当代文学（报告文学）排行榜榜首，又获《北京文学》双年度优秀作品奖。传记文学《布衣总统——孙中山》入选"国标"高中课本。曾在故里以稿费设立"李耳文学基金会"晨光奖，奖掖文学新人，至今已有百余人获奖。其代表作为：《宋美龄全传》《宋霭龄全传》《宋庆龄全传》《蒋介石全传》《孔祥熙大传》《孙中山大传》《许世友传奇》《贺氏三姐妹》《毛氏三兄弟》《宋氏三兄弟》《天地良心·万里在安徽》《四大家族：蒋、宋、孔、陈》《共和国的红舞鞋——陈爱莲传》等。《许世友下山》六场京剧本荣获第二届中国戏剧文学剧本金奖；《宋氏三姐妹》30集电视剧将由中央电视台拍摄播出。作者还编写了"一带一路"大型歌舞剧《丝路恋歌》六场剧本。

目录
CONTENTS

第一辑　岁月悠悠 …………………………………………… 1

感激文学 …………………………………………………… 2
我的"新闻"路 ……………………………………………… 4
情谊，难以忘却 …………………………………………… 7
我的作家梦 ………………………………………………… 10
生命为读者燃烧 …………………………………………… 12
写出了鲜活的生活 ………………………………………… 14
面对名家的期望 …………………………………………… 17
我的文友圈 ………………………………………………… 19
文友庆立 …………………………………………………… 21
王天瑞老师印象 …………………………………………… 24
我是秀海哥的"粉丝" ……………………………………… 26
生日 ………………………………………………………… 28
悠悠岁月情 ………………………………………………… 30
老子故里行 ………………………………………………… 32
映山红 ……………………………………………………… 37
那一年我当兵 ……………………………………………… 41
写在战友诗集的后边 ……………………………………… 43
那些年，我又想起了"国富叔" …………………………… 45
怀念爷爷 …………………………………………………… 47

我和妻子	50
儿子	52
留在记忆里的亲情	54
嫂子	57
搓背工王峰	59

第二辑　故事里的事·········· 61

相邀德州	62
老乡住院记	66
话费	68
村民张连仲	70
我也吓唬你一下子	72
小名	76
无赖	78
瘸德	80
迟到的春天	82
良心	86
那一瞥	89
追查	91
发不出去的判决书	93
派车	96
酒乡　酒人　酒事	98
乡情	102
女理发师	104
王二愣小传	108
狗子的爱情	111
恶人恶报	113
官路	115

漫漫执行路 …………………………………………………… 117
梦醒时分 …………………………………………………… 127

第三辑　点亮心灯 …………………………………… **135**

让雷锋精神代代相传 ………………………………………… 136
生日，党组给我送来礼物 …………………………………… 138
从法院关心干警的文化生活说起 …………………………… 139
劝储和优质服务 ……………………………………………… 141
应该复苏的人性 ……………………………………………… 143
警惕身边专吃这碗饭的人 …………………………………… 145
《周口日报》扶我走上写作路 ……………………………… 147
追求成功 ……………………………………………………… 149
朋友相聚话假酒 ……………………………………………… 151
如此售后服务 ………………………………………………… 152
上当一回 ……………………………………………………… 154
骗你没商量 …………………………………………………… 156
狗眼看人低 …………………………………………………… 158
执行日记 ……………………………………………………… 160
办案能手万志勇 ……………………………………………… 166
让人怎能不想你 ……………………………………………… 168
《红杏》出墙记 ……………………………………………… 170
认识王学良 …………………………………………………… 172

第四辑　那年、那月、那人、那事 ……………… **175**

拾新闻 ………………………………………………………… 176
去年堵后门　今年绝后门 …………………………………… 177
出版武术的书刊要注意内容 ………………………………… 178
警惕上当 ……………………………………………………… 179

鹿邑县农民欢迎商品赊销 …………………………………… 180
办事 …………………………………………………………… 181
腊爷 …………………………………………………………… 182
麻五骂鸡 ……………………………………………………… 183
老家来的人 …………………………………………………… 184
清晨，一位老人向我招手 …………………………………… 185
微醉的时候 …………………………………………………… 187
好诗皆因有真情 ……………………………………………… 189
你笑得是那样灿烂 …………………………………………… 190
向老赖宣战 …………………………………………………… 194
新疆组诗一章 ………………………………………………… 196

第五辑　印象记录 …………………………………… 199

认识侯钦民 …………………………………………………… 200
这样活未尽我意 ……………………………………………… 204
悠悠岁月文寄情 ……………………………………………… 207
老子故里的"代言人" ………………………………………… 210
勤奋方能著华章 ……………………………………………… 214
把老子的精神传承 …………………………………………… 216
小天地也能写出好新闻 ……………………………………… 218
偏执的"写手" ………………………………………………… 220
心灵的守望 …………………………………………………… 222
平民作家　知性文人 ………………………………………… 225
后记（补记） ………………………………………………… 229

第一辑　岁月悠悠

岁月的长河，缓缓地在我们身旁流过，那些被水冲刷过的痕迹，随着时光变迁，慢慢地褪去了颜色，有时候不经意地想起，或许依然会泛起一丝丝涟漪。属于我们的每一段人生，都是用心浇铸的历程；属于我们的每一个日子，都是生活对我们的恩赐。怀一颗感恩的心，走好人生的每一步。任时光匆匆，我心依旧。

感激文学

以文学起步，以文学成"家"，所以我就有了今天。我感激文学，是因为在我受到挫折一筹莫展的时候，唯有文学为我指路；我感激文学，是因为在我受到讥讽挖苦、遭受白眼的时候，唯有文学听我倾诉；我感激文学，是因为在我一事无成、恋人弃我而去的时候，唯有文学替我分忧。文学是我心灵的依靠，文学是我精神的寄托。

人戏称我"三侯"，即属猴，姓侯，叫侯。通称猴哥，学名钦民，笔名笑非。嘲笑身边的、周围的、社会上丑恶的，见不得人的东西。

属猴的脑瓜应该聪明、灵活，遇事一点就破。但我整日糊糊涂涂，生就的一个倔脾气，遇事看不透火候，认死理。在部队滚打了三年，在新疆工作了三年，宗吾先生的《厚黑学》上的东西一招也没学会。自己不但不学，还讽刺鞭挞那些溜须拍马、欺上瞒下、投机钻营者的贼鼠之流，不断地呐喊唤醒，就像我曾经发表的"应该复苏的人性"。

三十多年的苦苦追求，弹指一挥间，转眼已到知天命之年，零打碎敲、歪打正着，零碎小稿发了数百篇，要么抒写真情，要么弘扬正气，要么针砭时弊。虽然还没成啥大器，但人说大器晚成，我不知等到驴年马月？

我感激文学，又愧对文学。因为我是一个不满足的人。在宣传部门工作了十年，谋得了个不带衔的正科级干部调到县法院，一干就是二十几年，虽然没有轰轰烈烈的壮举，但也是兢兢业业做事，踏踏实实做人。2017年10月，按照政策我享受副处级待遇了。按说从一个农民到这个地步应该满足了,因为这是我想都没有想过的事。但在我所追求的事业中,虽然与世无争,但我仍不满足。就像我在《河南日报》上自责的那样"……时至今日,我还没有发表过一篇令我自己满意的作品。过去的永远过去了,我的人生价值还没有从某一个方面体现出来,我仍在拼搏、在奋斗、在追求我认为属于自己的人生价值,诗意的初心。"

  我感激文学,就像我曾发表的短诗"小草"那样:"小草,有人说,你醒来是一个绿色的梦;谁想到你曾被埋在深深的底层?如果在冰雪封住地面的时候,你屈服了,悲观了,我敢说,你永远是一个精灵。"

我的"新闻"路

我是搞新闻写作起家的。

如今,写了一辈子了还在利用业余时间写,而且每年都在全国各地报纸杂志上零敲碎打地发一些不起眼的小稿。我曾经想放下手中的笔搞些其他的营生,但一些文友却说,掂了一辈子的笔了,改行你能干些啥?你会干些啥呢?

是呀,我能干些啥?又会干些啥呢?我想,是写新闻使我走上了工作岗位,是写新闻使我转成了国家干部,我又怎么舍得放下手中的笔?

想想自己所走过的"新闻"路,在感谢身边文友的同时,更要感谢《河南农民报》(2005年改版为《河南日报》农村版)的编辑李培智老师……

事情要从接到《河南农民报》编辑部李培智老师的一封信说起。

那是1982年3月16日的中午,我正在家里看书,邮递员送来一封信。我一看,是《河南农民报》社寄来的。我业余时间往报社投过稿子,赶忙拆开。

钦民:

你写的《李堆大队办科技培训班》一稿,选材比较新颖,你接到信后再充实一下寄给我!

李培智

1982年3月12日

这封不足50个字的短信是用毛笔写的,字体工整漂亮。我反复读了数遍,激动万分,赶紧又跑到李堆大队采访,连夜加班把稿子充实好并盖上公社的章，寄给了李培智老师。这篇稿子不几天就在《河南农民报》头版头条发了出来。见报后的第六天，县委宣传部负责新闻的王自新就寄来了贺信，在信中他要求公社党委把我发表的文章存入我的个人档案。后来，我有幸见到了报社的李培智老师，在谈到他比较关心农民通讯员时，他说："农村青年有什么出路？白天下地劳动，晚上再加班写稿，不容易呀！"

看看，李培智老师的心是何等的善良啊！

有一次，我看到县烟酒批发部门搞商品搭配，一些个体商户在取货时，把一些滞销商品强行搭配给个体商户，并且堂而皇之地贴出了一则告示：

"好消息，安全火柴配金狮电池（当时金狮电池滞销），每箱配一箱……"

看到这则告示，个体商户敢怒不敢言。我通过采访，写了一篇《如此告示》的批评文章。《河南农民报》1982年5月29日在《街头巷尾》栏目发表后，《中国青年报》1982年7月27日以读者来信的形式对其做法又进行了批评。但是，该公司的售货员竟指着墙上贴着的旧报纸说："报纸批评有啥用？还不是瞎费纸墨？"对他们这种藐视党报批评的态度我实在忍无可忍。在1982年8月28日，又在《河南农民报》的《街谈巷议》栏目发表了《是瞎费纸墨吗》的批评文章。最后，该公司在舆论的监督下不得不在《河南农民报》上做出了检查，承认了错误。

后来，在李培智老师的指点下，我相继在《河南农民报》上发表了《找着吃》《莫让顾客不痛快》等监督饮食和销售市场的批评文章，使我在新闻写作上得到了很大提高。再一次见到李培智老师时，李老师说，批评稿子以后要少写，多写一些鼓舞人心的文章，但是必要的批评稿子还是要写的。遵照李培智老师的教诲，经过努力，我的稿子不但上了《河南日报》头版头条，《人民日报》《半月谈》《农民日报》《经济日报》等报纸杂志也相继发表了我各种题材的文章。我也多次被《河南日报》《河南农民报》和河南广播电台、周口地区宣传部评为模范通讯员。再后来，在公社党委书记件广才和时任地区宣传部副部长王尚林、鹿邑县委宣传部新闻科科长范仲杰的极力推荐下，于1985年调到了县委宣传部新闻科，专职写起了新闻。

回首往事，我知恩且感激。

感谢"新闻"？新闻我怎么能感谢？但是，的确是"新闻"使我走上了现在的路！再想想，我还是要真真切切地感谢我以上所提到的老师和领导们，是他们的引导和帮助让我走上了现在的路——他们才是我要感恩一生的人！

情谊，难以忘却

人生路，坎坎坷坷，经历得多了，许多事便看得淡了。但有些人和事却是我永远难以忘记的。

1977年秋，我从部队退伍后，因为家里穷，又去新疆"熬日月"。当时，我眼望茫茫戈壁滩，举目无亲，就在我走投无路的情况下，碰到了一位从江苏来的冯师傅。他比我大几岁，心眼儿很好。于是，我就跟着他到处跑着给人家盖房子。

二十多岁的我，刚从部队退伍怎甘寂寞，便利用工余写起了小说。一天晚上，冯师傅看到我在写，便走过来说："往家里写信啊？"我不好意思起来。他拿起一看说："咦，你这个大秀才还真不简单，写起小说来了！"他坐在我身旁把手搭在我的肩膀上说："只可惜了，跟着我这个没本事的师傅。这样吧，你当过兵，当兵的都是多面手。从明天开始，你给大伙做饭，这活儿轻，空闲的时间也多一点儿！"他又随手抽出自己的钢笔说："这支金笔从老家一直跟着我，我文化浅，不配用它，送给你用，并祝你写作成功！"我当时心里感动得真不知说什么好。

现在看来，那时发表的作品相当幼稚，但对我以后的人生路却有着决定性的意义。如今，和冯师傅分别几十年了，他送予我的那支金笔也早被我用坏了，但我一直把它珍藏在家中。每每看到这支金笔，就勾起了我对冯师傅的思念之情。

1980年，我从新疆又回到了家乡。那一段穷困潦倒的日子里，年龄相仿的青年人中就数明珠哥和玉芝嫂子最理解我、支持我了。那时，一个农村青年如果想自学是何等的艰难啊！你跟大伙一起下棋、打扑克是正常的，但如果你趴在屋子里写呀、画呀，他们就说你不务正业，一些风言风语压得你抬不起头来。在这样的逆境中，是明珠哥和玉芝嫂子把我从困境中解脱出来。明珠哥开着百货店，玉芝嫂子是医生，家庭生活在农村还是上等的。他们看我从新疆回来无家可归，便拿钱支持我在街头开了一个小百货店，又拿钱支持我上新闻函授。晚上弄几个菜坐在一起吃饭，他二人经常安慰我想开些，走自己的路，不管别人说啥，只当没听见。在他们二人的极力支持下，我的门市部不断发展，并支撑着我完成了两年的函授大学所学课程。这期间，我还利用业余时间搞新闻写作，家乡的新人新事新变化也常见诸报端。1981年，乡党委件广才书记了解了我的情况后，把我安排到乡文化站。这关键性的一步，决定了我以后的人生。一次，在县里见到这位已是县长的老书记，我说：“我能有今天，不知该怎样感谢你！”他却批评我说：“咋能这样说，因为你适合搞文化工作，不然就是我把你提起来，你也不会称职的！”

　　写到这里，我又想起了决定我走新闻这条路的启蒙老师——《河南日报》农村版编辑李培智老师。当时，李老师在《河南日报》农村版任职。一次，我突然收到报社的来信，拆开一看是退稿，内附有一封信，信的内容是要求稿子重新补充后直接寄给他。当时我想，我次次投稿都是石沉大海，杳无音讯，这位李老师一定是位刚板直正、认稿不认人的编辑。我赶紧又到村里采访了一遍，连夜写好，盖上章后给李老师寄去。不几天，在《河南日报》农村版头版头条发了出来。此后，我写稿的劲头也大起来，《人民日报》《农民日报》《中国青年报》《河南日报》等新闻单位相继发表了我的作品。后来，我利用出差的机会到报社拜访李培智编辑，结果，跟他本人打听时还不知他就是我从没见过面的恩师，惹得在场的编辑都笑起来。

　　这几十年来，我从乡文化站调到了县委宣传部，从宣传部又调到了县法院。从一个农民当上了正科级干部，这是我做梦也没有想到的。想想过去自己所走过的路，我常常责备自己无能，欠朋友的情太多太多了。我和明珠哥他们一不同姓，二无亲戚关系，当时的乡党委书记件广才，也和我这个农民没什么关系，李培智老师更是和我从没见过一次面，而他们却在我特别贫困又不被人理解的时候,全力帮助了我,这种情谊的确是无价的。因此,我常常提起他们。

　　人总是要有感恩之心的,虽然我们不一定能报答他们的知遇之恩,但这一份情谊我是会一生铭记的。他们热情善良的为人态度,也给我做了极好的榜样,让我懂得了去帮助别人,学会无私地付出和爱。这个世界,也因为人与人之间的这份真情而变得更加温馨。

我的作家梦

在我热衷于写"大部头"时，同事朱振鸿对我说："你没有发表过作品，又不是名家，写出来了有哪一家出版社会看中你的作品、出版你的作品？"同事的意见中恳，我们又有共同的爱好，想想也是。伟大的文学家、思想家和革命家鲁迅一生中没有写过长篇，发表了大量的散文随笔、杂文和短篇小说，不也成了中国20世纪最伟大的文学巨匠？和鲁迅先生相比我是渺小的，但是，鲁迅的精神是值得我们学习的。

我参考了同事的意见暂时放弃长篇改写短篇。

写短篇也不是一件容易的事，题材、情节、人物把握不好，是写不出好作品来的。特别是一个初学写作者，没有在报纸杂志上发表过只言片语，那更是被动消极。我盲目地四处投稿，一次，我偶然在《新疆日报》上看到了我写的小评论《作家们，多写写新人吧》文章，鼓舞了我的写作热情。记得我写第一篇报告文学的时候，题目是《罪过应该归于谁》，我找到当时周口地区文联的一位老师指教，他看了以后说，你的稿子不适合我们的杂志发表。听了这位老师的话，我非常灰心。当我在写作路上处于徘徊的时候，我见到了时任周口地区宣传部副部长的王尚林，他看了我的文章后，建议我向外省的杂志投一下。听了王部长的话，我把写好的稿子投给了黑龙江省科学技术协会主办的《家庭生活指南》杂志，最终这篇报告文学在1982年第六期发表了。收到杂志和稿费，那是我一生中最最幸福的时刻。后来，我笔耕不辍，在《检察日报》《经济日报》《海南日报》《热风》《东京文学》《当代文学》《小小说选刊》《周口晚报》等全国各地的报纸杂志上发表了大量的小说、散文、杂文等题材的文学作品，并出版了作品集《生活无故事》。散文《相邀德州》获《人民文学》杂志优秀作品奖，《悠悠岁月情》获湖北省作家协会"黄鹤杯·情爱"作品选拔赛二等奖；2000年3月被河南省作家协会吸收为会员后，有作品被收录《2010年中国年度小小说》，小说《王二愣小传》在首届"古贝春杯"全国暨海外华人小小说大奖赛中获优秀作品奖。在周口市人民政府"关于颁发周口市第二届文学艺术优秀成果奖的决定"中，我创作的小小说《良心》名列其中。

　　写作，是一项很艰苦的事情，而这其中的酸甜苦辣，个中滋味，到底有多大的精神压力，恐怕只有笔者知道。

　　但是，无论多么艰苦的环境，我还是坚持走过来了。

　　最终，是一路汗水和痴心圆了我的作家梦！

生命为读者燃烧

在武汉出差时，我为了买一本杂志，在武汉市区跑遍了几条大街和小巷，也没找到一家书店和报纸零售亭。而在我们鹿邑县的联通公司营业厅门口，就有一个用小三轮车改装的流动报纸亭。报纸亭的主人就是退休职工闫志章。

闫志章今年七十多岁了，是邮电系统的老职工。1998年退休后，看到县城里的报纸零售亭因嫌赚钱少相继改行不干了，通过调查了解，他根据老人、青年、学生各层次人群需求分别订了《老人春秋》《青年文摘》《小说月报》《小小说选刊》《儿童文学》《大河报》《周口晚报》等一百余种报纸杂志。为了准时把报纸杂志送到读者手里，他还花2600元购买了一辆人力三轮车，并对三轮车进行改装，使其能够摆开报纸杂志，让读者一目了然地就能看到所需报纸。闫志章老人卖报纸杂志十多年来，从没有耽误过读者阅读当天的报纸。去年冬天，一位青年约好要一张当天的《周口晚报》，因突然下起了雪，那青年迟迟没到。营业厅关门了，那青年还没有到，闫志章在那里抄着手一直等到晚上九点多，直到那青年跑步来拿报纸。

在这个小报摊周围，闫志章老人又摆几个小马扎，方便休闲散步的人们坐一下，读读报纸，看看杂志，聊聊天，给大家提供了很好的休闲、学习场地。

冬天马上又要到了，儿女们都要求不让他干了，家里不缺吃不缺穿的，要他在家里享享清福。他却说:"我不干了,读者咋办呢?再说了,我卖报纸杂志不但丰富了读者的业余生活,为他们输送了精神食粮,同时也锻炼了我的身子骨呀!"

第一辑 岁月悠悠

写出了鲜活的生活

知道寒江这个名字已经是很早以前的事了。当时只知道他的文采很好，也很能写。因为我在网络上和报纸杂志上，常常看到他的踪迹。如：《女友》《湘乡文学》《辽河》《读写指南》《中原诗词》《梅州日报》《索桥散文诗》《中国老人报》《家园文学》等等。他有多篇作品入选《中学生最喜欢的青春小小说》《中国当代微型小说精选集》《2010年度小小说选》《当代闪小说精选》等。后来，彼此熟悉了，才知道他在写作之余，还担任着《中国网络文学精品集》《悠远文丛》《边缘文学年鉴》等主编职务。现任湖南省作家协会主办的《边缘文学网》总编、中国诗书画研究会理事。

寒江是他的笔名，后来才知道他的真名叫葛本保。我和他真正认识是在河南省商丘市人大、政协和《中原诗词》杂志召开的纪念建党90周年红歌比赛表彰会上。当时，《边缘文学》的领导很忙，安排不了人去开会。寒江总编想起了我离商丘很近，便让我去充了个人数。于是，在这会议上，我才真正认识了寒江。

寒江为人很朴实，酒量不大但喝酒很豪爽。寒江为人很低调，言语不是太多，从不喜夸夸其谈。但从不多的言语中，你总能感受到他的一份诚恳，无形中给人一种厚重的信任感。自那次会议后，我和他在QQ上、在电话里便改了称呼：他喊我猴哥，我喊他保弟。于是，便又生出了今天想起让我给他写个序的事情了。

说一句心里话，我从事写作多年，从来没有给任何人写过序，也没敢妄加评论过任何人的作品。平常，写写画画、涂涂抹抹地可以，发表出来的文章好赖是自己的事情。但寒江出文集，我这个做兄长的总该说点什么才好呢？

创作，来源于生活。细读寒江的作品，给我的第一印象就是如果没有浓厚的生活底蕴，是写不出这些感人的作品来的。寒江种过田、当过兵、打过工，一生道路曲折、经历丰富。有人说朋友是财富、苦难是财富，我说经历更是财富。寒江有了丰富的生活阅历，在写作上厚积薄发，写出了一篇篇感动人心的作品。如小说《二叔》，是我最喜爱的多篇作品之一，这篇不长的小说我读了数遍，每读一次，都有不同的感叹。作品以第一人称描述了一个精明一生的二叔，兄弟三人数他聪明，可聪明反被聪明误。二叔为了自己以后有个好的归宿，老早就用一生积攒下来的五万多块钱买了一块墓地。可是，没有想到的是自己死后却由生前所计划的"苍树翠柏，环境幽雅"，移到了一家农田，变成了一个孤零零的土堆。这不是对现实社会的讽刺吗？上面还有好多没燃尽的纸钱。这更让人对现实社会以深思、以警示、以警醒！

有诗曰：

世人都晓神仙好，只有儿孙忘不了。

痴心父母古来多，孝顺儿孙谁见了？

现实社会这样的例子还能少吗？我从事法院工作多年，对这些类似的案例我接触的不少，只是没有想到寒江用自己独到且犀利的笔法把这一件事揭示得活灵活现。高！高！高！

小说《村长》，写的是村长王二虎任村长快八年了，为本村村民办了不少好事，就是因为不会溜须拍马而面临最终被小人取而代之的命运。文章揭示了当今基层存在着的现实和矛盾。细品这篇小说，可以感觉到作者对不正之风和投机钻营者的痛恨。小说针砭时弊，生活气息浓郁，语言朴实，情节真实可信，是一篇绝妙的讽刺小说。

寒江擅写乡情小说，所以他总会强调他是个普通的农民，有着很重的农民情结。其实，相处的时间长了，你就会发现他有着农民的淳朴，更有着一种与生俱来的文人的傲骨。这种傲骨不是能说出来的，也不是故作高深，是你从点点言谈行为中自己感觉到的，让自己从心底生发出一种敬重。

文字之外，工作之余，他还走了好些地方。东营，山东省东北部一个沿海城市，身处芦苇中，有苍凉亦有收获，他写下了《东营散记》；游历茫茫大草原，心胸开阔，有了《陪你一起看草原》的感叹；在《读你——写在凤凰古城》抒情的文字中，他笔下的凤凰古城犹如一位神秘的美丽女子，让人对凤凰古城产生了无限的向往与怀想……寒江是多面手，他不但小说、散文写得好，诗歌写得也非常感人。如诗歌《父亲》，很短的小诗，却让我读得热泪盈眶。

父爱是一首平凡的歌，浸润我们生命的每一个季节。这首诗语言凝重，字里行间渗透着作者对父亲的情感：

家的记忆是村口那株高高白杨

你用赤裸着的脊背

扛着犁耙

扛着我从树下走过……

细节的描写，让人读懂了父亲那高贵深沉的爱。小诗最后用一种责问的方式让情感得以迸发与升华：

只是，父亲啊

我这时还不想长大

你又怎敢这样苍老

看了这首诗后，我心里一阵心酸：父爱如山，父爱无私，父亲伟大。是啊，无论我们走多远，乡村是我们的根，父母永远是我们的牵挂。还是写写咱们自己的家乡吧，写写咱们家乡的父老乡亲吧，写写咱们的兄弟姐妹吧！我知道，你已经做到了。

因为你正在写！

面对名家的期望

"祝贺会议召开，望有好作品出世！""热烈祝贺鹿邑县作家协会第二次会议胜利召开！期待会议为鹿邑县文艺大发展、大繁荣作贡献！"……在鹿邑县作家协会第二次会议召开之际，在京的鹿邑籍著名军旅作家朱秀海、著名传记文学作家陈廷一以及周口市作家协会等单位分别发来贺电，对鹿邑县作家协会第二次会议的召开表示祝贺并对作协提出希望和要求。

会上，鹿邑县委常委、宣传部部长王怡带领全体会员学习了胡锦涛在中国作家协会第八次全国代表大会上的重要讲话，她说："鹿邑县是伟大的哲学家和思想家老子的出生地，又是中国作家协会挂牌的创作基地，在京的鹿邑籍作家朱秀海、陈廷一等名家们也非常关注家乡的文学创作及发展，我们不能辜负他们的期望，一定要多读书，多深入生活，多写出精品以回报他们的关爱。"

王怡表示，在过去的几年里，鹿邑县的广大文学爱好者已经创作出了一批在社会上有一定影响力的作品。其中周西华创作的《岁月深处》《天高地古鹿邑人》《做几天仙境中人》；宁高明创作的长篇小说《血色黎明》《沃土》；刘艳杰创作的《绽放在悬崖峭壁上的鲜花》等作品，不但讴歌了党的方针政策，为群众提供了精神食粮，同时也宣传了鹿邑，提高了鹿邑的知名度。据不完全统计，近几年来，鹿邑县的文学爱好者已在省内外出版作品十余部，中短篇小说五十多篇，发表诗歌、诗词作品三百多首，发表散文、报告文学、评论九十多篇。一批文学新秀正在逐渐成为"周口作家群"

的中坚力量，他们的著作引起了河南文学界的普遍关注。有多名同志已被吸收为省作家协会会员和市作家协会会员。

据悉，参加此次作家协会会议的会员有六十余名，会议选举产生了主席、副主席、秘书长和副秘书长。在讨论贺电及胡锦涛在中国作家协会第八次全国代表大会上的重要讲话时，省作家协会会员周西华在发言中说："咱们的老乡陈廷一是我国优秀传记文学作家，在传记界享有'南叶北陈'的盛誉，他撰写了《布衣总统孙中山》《乱世枭雄蒋介石》《第一夫人宋美龄》《英雄本色张学良》《少林将军许世友》等一系列有名传记；另一位老乡朱秀海也写出了《波涛汹涌》《军歌嘹亮》《乔家大院》等响彻文坛的作品。我们要向两位大师学习，努力写出有影响力的作品，不辜负两位老师对家乡文学爱好者的希望。"

出席当天会议的作家和会员们在发言时也纷纷表示，要向朱、陈两位名家学习，深入生活、勤奋创作，多写好作品，多发群众喜闻乐见的作品，上大刊、上名刊，以满足广大人民群众的文化生活需求，他们会在新一届作家协会的领导下，为促进本县的经济文化建设又好又快发展做出自己应有的贡献。

我的文友圈

在人际交往闲聊中，人们常说的有一句话：物以类聚，人以群分。基于文化层次的不同，爱好不同，因此生活中各有各的一个小圈子，比如：酒友、牌友、驴友、文友……他们有着共同的志趣爱好，自然而然地聚集在一起。而我这里所说的是我的文友圈。

王天瑞老师是原周口市文联副主席，今年已经近七十岁了，仍然坚持写作，文章经常见诸报端，他既是我的上级领导也是我的文友。我每有作品问世，都是他第一时间打来电话报喜。记得在2013年12月5日10点左右，王老师打来电话说："钦民，给你报喜，你的散文《当兵的日子》在今天的《大河报》上发表了，祝贺你呀……"我还没有来得及道一声谢谢，他接着说："其他没有事，挂了啊！"于是，我高兴地跑到报纸亭那里买了一张当天的《大河报》，先睹为快啊！上个月的5月22日上午，王天瑞老师再次打来电话，说："钦民，向你报喜，你的散文《留在记忆里的亲情》在今天的《周口日报》发表了，给你道个喜，其他没有事，挂了！"就这一句话，温暖着我的心，拉近了我和老师的距离，也激励着我写作的热情。

爱好写作的人都爱订报纸、关注报纸，谁看到文友发表了文章就第一时间打个电话，报个喜讯。自己的成绩得到了肯定谁不高兴呢？就这一声报喜，却温暖着我们每个文友的心。就在那一天，一位浙江绍兴的文友音韵发来几张照片告诉我，我的一篇散文在《牡丹》文学杂志上发表了，且也有她的一篇散文，发来让我先睹为快。我把这几张照片发在QQ里和鹿邑文友群里，说："有一篇散文在《牡丹》文学杂志第五期发表，感谢文友音韵告知。"太康县文联的文友葛有杰也向我道喜说："今天的《周口日报》也发表了你的一篇散文，祝贺你。"一时间，我QQ空间里的文友、群里的文友都纷纷点赞祝贺。

王尚林是原周口市委宣传部副部长。他既是我的领导又是我的长辈，我们又是文友。一次，我到王叔家，（我第一篇文章就是在王叔的点拨下发表出来的）在闲聊时，王婶说："恁王叔经常夸你，你在报上啥时候发表了啥文章他都记着呢，你要好好写呀，不要贪玩……"。还有我在《文友庆立》一文里提到的谢庆立，我们协会里的胥茂森、刘艳杰、宁高明、侯俊昌、尚纯江、吴杰等，他们奋斗在各行各业。我这一大群文友，谁发表文章了，就拿出来晒一晒，谝一谝。在写作的路上我们相互鼓励，没有题材写了，我们就聚到一起，谈文学、谈生活、谈人生，海阔天空地谈、天南地北地扯、无所不及地侃。这样，不但充实了我们的业余生活，有时在闲扯胡侃中也获得了创作素材和灵感。

我文友圈里的文学大家就数在京的当代传记文学作家陈廷一了。1987年，他创作的《许世友传奇》出版了，这是其在文坛的首部书稿，这一名作花费了他十年心血。之后，他数十年笔耕不辍，创作并出版了传记文学作品《宋氏三姐妹》《蒋氏家族全传》《孙中山与宋庆龄》等101部，2014年获得了大上海基尼斯"个人撰写、出版传记文学著作数量之最"的荣誉称号。每次回来的时候他就给家乡的文友们讲课，传授写作经验；在京的时候，他又经常打来电话询问家乡的文学创作情况，鼓励我们熟读、精思、勤练、多改，攻大刊、上名刊。现在，我圈里的文友个个成绩斐然。有的出版过长篇，有的出版过短篇，还有的获得过国家级、省地级奖项……总之，我非常庆幸拥有这个圈子，因为圈子里有一群拥有共同爱好且可以推心置腹的文友们！

文友庆立

文友庆立从北京回来，我和新合到车站接他，一直等到中午12点了也不见他的踪影，打电话才得知他已经回到了老家——张店乡孙渡口村，正在看望他年迈的老母亲。他歉意地说："我在家正陪母亲吃饭，吃过饭之后想把母亲带到县医院去检查一下身体，我们下午再见面吧。"我们知道庆立是孝子，他经常不在家，到了家是应该先看望自己的父母。

我和庆立的相识是在20世纪80年代，那时我在县委宣传部新闻科写稿，县里一有新闻稿子就派人搭公交车去郑州《河南日报》社处理稿件。偶尔的一次，我在《河南日报》社农村部里把稿件交给了一位戴着眼镜的年轻编辑。他看看稿子，又看了我一眼说："鹿邑在豫皖交界，到郑州搭公交要一天的时间，来一趟不容易呀！"他当着我的面把稿子改了一遍，然后递给我让我重抄一遍。临走的时候说："你真是太辛苦了。我姓谢，叫谢庆立。老家也是鹿邑的，以后再有稿件的话就直接寄给我，或者用传真传给我。"他把传真机的号码写给了我。从此，我就认识了这位鹿邑的老乡，把写好的新闻稿件就直接传给这位鹿邑老乡。

从此，谢庆立这个名字就深深地烙在了我们新闻科每个人的心里。那两年，他为家乡发表了不少新闻稿件。后来，听说他去了山东大学读研。再后来，我从宣传部调到法院，间接地听到一点有关他的消息：庆立在复旦大学攻读中国现当代文学和新闻学专业博士学位，毕业后去《检察日报》工作，后又被北京外国语大学作为拔尖人才引进。庆立成绩斐然，近年来完成了业务专著两部,整理并主编作家作品集一套,创作并结集文学作品一部。在《新闻战线》《青年记者》《文物天地》《中国新闻出版报》《现代文学研究丛刊》《人民日报》《通俗文学评论》等报纸上发表文学评论和新闻研究论文四十多篇,所整理并主编的《王度庐武侠言情小说集》12种286万字(王度庐是我国现代文学史上武侠小说十大家之一,将他的作品系统化、经典化地编辑出版,这在国内尚属首次)。其中的《卧虎藏龙》被改编成电影。近年来他创作的散文、杂文、随笔有二百多篇,六十多万字,其中一些作品被《作家文摘》《杂文选刊》《文摘报》等多家报纸转载,作为大几岁的我对他肃然起敬。

下午,我和庆立打通了电话,他说晚上有同学聚会,改明天吧。我知道庆立的人品,同学们知道他回来了,都争先恐后地和他联系叙旧,直到第三天的下午,我和新合才排上队。

庆立是和妻子一起回来的。妻子叫俊梅,出生在一个有文化的家庭里,既贤惠又通情达理。庆立在他的《理想是一种"逃离"》一文中谈到他们的感情生活:"二十多年来,她对我的照顾无微不至。就这本集子的一些文章而言,不少源于我们的日常生活,她的话语激发了我的创作灵感。我们的缘分要感谢上苍的安排。1989年春天,一个偶然的机会,我和她相识。正在读大学的她,却是一副中学生的模样:清纯、有活力、性格外向,似乎永远也长不大。一年后的春天,天蓝水清,惠风和畅。鹧鸪声声,杏花和海棠绽放,柳枝挂满新绿,河岸边的白杨吐着'毛毛虫',湿漉漉的空气弥漫着花香。沿着河岸,我骑自行车带着她,慢慢地走啊走,欣赏如画的春光!这一幕,定格了我们永远的美丽。之后,她成了我的妻子,却陪我吃了不少苦头。她本来家境良好,由于我的出身背景,她竟学会了节俭度日。如今,朋友同学中不乏飞黄腾达升官发财者,而我仍是一介书生,她却从不羡慕别人。在我人生最艰难的时期,她总是对我不离不弃。这种心灵的支撑,让我默然前行。"

庆立在家滞留了三天。在走的那一天,他送给我和新合每人一本他著的散文集《开满鲜花的河流》。回到家我细细品读,从庆立的书里我读出了泪水、读出了欣喜、读出了幸福。我更读懂了庆立的心一直在家乡,被家乡所拴着,在《寻找生命的原点》那一篇作品里述说着这一切。

庆立从小身体就瘦弱多病，为了生活他和小伙伴们跑到清水河边摘洋槐花；为了生活他学会了掐辫子；为了生活他在坚硬的冻土上一气刨了三十多个树坑，提了六十多桶水，种了三十多棵树。苦难是一笔财富，坎坷使他更加坚定。他是一位有情有义的人，对关心支持过他的人一直念念不忘，感恩不尽。《周老师，你在哪里》那一篇文章里的周老师，《燕园寻梅》里的贾植芳先生，《一壶老酒》里的老杨，他是一位爱憎分明的人；《俺爹俺娘》一文中"别看他儿子在北京，先抓起来再说……"揭露了现在的农村个别乡村干部欺压百姓、欺上瞒下的丑恶嘴脸。还有那些奉承巴结和谄媚势利小人，像《酒妖》里的王银湖，《创伤》里的班主任，《鞋子》里的吴校长；他更是一位有文采的人，先后在省级党报、中央主流媒体当记者和编辑，并以新闻采编方面的成就，成为新闻界有社会影响力的高级编辑。2002年，被选拔进复旦大学新闻学博士后流动站。2004年6月，完成博士后工作报告，成为我国报业界首位新闻学博士后。《中国新闻出版报》（2004年7月14日）、《中国教育报》（2004年7月7日）等媒体以"我国报界首位新闻学博士后出站"为题，称他在博士后期间的研究成果——《中国早期报纸副刊编辑形态的演变》，填补了一项国内研究领域的空白。

我和庆立的脾气是相知相通的。我知道庆立的知识已经达到了一定的境界，看透了一切，就想"逃离"势利，"逃离"庸俗，"逃离"权势笼罩的阴影，"逃离"精神生活的贫困。其实，他的逃离不正折射出所有中国知识分子的困惑吗？不正是我们知识分子梦中追求的《桃花源记》吗？我认为，在这喧嚣的社会里，庆立，你就像故乡田野上的一粒蒲公英的种子，被那不定向的风吹到遥远的大都市，淳朴是你的本性，憨厚是你的内涵。你想融入都市，可又不想丢掉你的本质，所以你犹豫，你徘徊，你想逃离这一切，可你逃离得了吗？人生如舟，梦想如帆，只要有梦想我们就能在大海里行船。

院校是学习知识、研究知识的地方。庆立，就像你说的那样，懂得珍惜身边的真善美。作为一个大学教授，你说你毕生追求的是以思想报国、以学术报国。是的，要好好珍惜你所在大学里自由宽松的人文环境，为国家，为自己，也为家乡的父老！

王天瑞老师印象

见王天瑞老师是我早就梦寐以求的事。但是，王天瑞老师是市文联副主席，我——一个文学爱好者，见面的第一句话应该怎么说？和书法家郭亚东一起去市文联，在郭亚东的引导下来到一间办公室，郭亚东指着一位正在办公的老同志给我介绍说："你不是早就想见王天瑞老师吗？他就是经常在报纸、杂志上发表文章的王天瑞老师！"我忙喊："王老师"。王天瑞老师站起身，边拉椅子边问："亚东，这位是？"我忙自我介绍："我叫侯钦民，是鹿邑县的！""我经常在报纸、杂志上看到你的文章，就是没有见到过你本人！"王天瑞老师边说边把一杯水递到我的手里。一个业余作者受到这样的礼遇，我受宠若惊，慌得不知所措。从此，王天瑞老师对待业余作者那种热情诚恳的态度，深深地印在我的脑海里。

第二次和王天瑞老师见面也是在他的办公室，他正在编稿子，见到我忙让座，并拿出我寄给他的一篇稿子说："你的这一篇稿子不是我不给你发，你再修改一下吧。你看这样修改中不中？"王天瑞老师说着他的思路。后来，我按照他的思路修改了一下，不长时间便见报了。

"钦民，你在国家级、省地级报纸、杂志上已经发表这么多的文章了，可以写申请加入省作家协会了！"我说："我中吗？"王老师说："怎么不中？写吧，我给你报！"就这样，在王老师的推荐下，我于2000年3月加入了河南省作家协会，成为了河南省作家协会会员。

一天晚上，电话响了。我拿起电话一听是王天瑞老师，王老师问我这一段时间忙啥哩，怎么在报纸上见不到你发表的文章啦？我向老师汇报说，忙呀，也不知道忙的是啥。王老师既批评又鼓励我说，要多写呀！常言道：曲不离口，拳不离手。搞写作也是一样，要多读，多写，多看，多练，可不能养成懒惰思想呀……

　　后来，我听说王天瑞老师退休了，但是报纸上发表的文章却越来越多了。一次，王天瑞老师打电话来唠嗑，我说："王老师你这一段时间收获颇丰呀！"王老师说："过去在单位里应酬多，很多时间都浪费掉了，现在可以走出去了。到群众中去，到群众中就有写不尽的素材！"是的，王天瑞老师的散文集《江山万里行》《这边风景》《人间正道》《猫耳洞日记》以及我在报纸上看到的《看娘》《驴幌》《知足长乐》等文章，写得都是那样地真实。有些文章不但艺术性强，又有知识性和趣味性，让人爱不释手。我想，不走到群众中去深入生活，获取厚实的生活底蕴，是写不出这么多动人的文章来的。这都是王天瑞老师深入生活的结果呀。认识王天瑞老师这么多年来，我从老师身上学到了不少东西，那就是老师的为人，为文，为事业。王天瑞老师为人厚道，为文勤奋，为读者创作出了大量的、高质量的文艺作品，为党的文艺事业作出了积极的贡献。王天瑞老师这种奉献精神永远是我等后辈学习的楷模。

我是秀海哥的"粉丝"

　　我是秀海哥的铁杆"粉丝",默默地追随他三十多个年头了。这些年来,我零敲碎打地发表了一些小稿,也是在秀海哥的影响下写出来的。秀海哥是"大家",我不敢妄加评论秀海哥的作品,要说写他没有成名以前的点滴小事,我还是有一点资格的。因为我们是一个公社的,再压缩一点范围,那就是我们是一个生产队的,更是前后邻居。

　　父辈们的感情可想而知。他比我长两岁,我从小就喊他秀海哥。学生时代,我就知道秀海哥怀里整天揣着"大部书"(那时农村把小说统称为大部书)。上课时老师在上边讲课,他在下边看"大部书",看似不经心,可是到交作业时,谁都没有他写得快、交得早,而且每次期中考试他的成绩都是优秀。秀海哥从小就会编故事。一次在红薯地里拾红薯,我们小一点的非缠着秀海哥讲故事,他讲:"有一次我休息了,感到脸上痒痒的,睁眼一看,你们说咋了?"我们问咋了?他说:"一群调皮猴在我的周围……"秀海哥卖关子不说了。我们好奇,要他讲这一群调皮猴围着他干吗?他说:"缠着我非要给他们讲故事!"我们知道他讲得是我们几个,"嗷"地一下子爬到秀海哥的背上嬉闹起来……后来,秀海哥当兵去了,我和我的伙伴们再也没机会听他继续给我们讲故事了。

　　1973年底,我也应征入伍。在部队里,我陆续读到秀海哥刊发在《解放军文艺》上的小说《指导员和猜不透》《瞟上了》《第一次战斗》等,秀海哥这是在给全国人民讲故事哩。我非常羡慕,也模仿着秀海哥的文章写起了小说，先后写出了《第一次架线》《飞侠》《翠英》等，虽然没能发表，却使我养成了热爱学习、热爱观察生活的好习惯。我退伍回到地方后，仍然利用业余时间继续写作，并经常把作品寄给部队里的秀海哥，让他多提建议，秀海哥总是不厌其烦地给予回信，指出作品的不足，还时常把我的作品推荐给《解放军文艺》《妇女生活》等杂志发表。后来，我的文章先后上了《热风》《当代小说》《小小说选刊》《东京文学》《河南日报》《河南法制报》《海南日报》《检察日报》等报纸杂志，也因写文章成绩突出转成了国家干部。

  前些年在县委宣传部工作时，听说秀海哥从北京回来探亲，我便和县文联的同志一起去秀海哥家讨教写作经验，他谦虚地说："谈写作，我没有什么经验，打一个很简单的比方，就是你编一个故事别人看后相信是真的，那你就成功了；如果别人说这个故事是胡连八扯，那你就失败了。写悲剧，读者读后能感动得哭；喜剧，读者能高兴得笑出眼泪，那你的作品就成功了！"

  这些年，我看到秀海哥出版了《波涛汹涌》《军歌嘹亮》《乔家大院》等响彻文坛的作品，从心里替秀海哥高兴。如果有人在一起聊电视剧《乔家大院》的剧情，我总是忍不住炫耀说："嗨，那是秀海哥写的，俺们是前后邻居呢！"2008年10月，秀海哥从北京回到家乡与县委、县政府领导举行《老子》电视剧签约仪式。仪式结束后，通过交谈，我得知秀海哥这些年所发表的作品先后获得了全国优秀报告文学奖；一、五、九、十一届中国人民解放军文艺奖；八五期间全国优秀长篇小说奖；第十届中国图书奖；第二届国家图书奖提名奖；全军长篇电视剧一等奖；中宣部五个一工程奖；第二届冯牧文学奖（2002）等荣誉。我想，这些荣誉不光是秀海哥一个人的，也是河南人民的，更是鹿邑县人民的。秀海哥为河南争了光，为家乡人民争了光。

  我永远是秀海哥的铁杆"粉丝"！

生 日

"世上只有妈妈好,

　没妈的孩子像根草;

　离开妈妈的怀抱,

　幸福哪里找?"

每每听到这首儿歌,我就想起了我的生日。

参加工作多年来,时常有同事、朋友问起我的生日,我说具体哪一天我也含糊不清。有人就笑着说:"那你是怎么过生日的呢"?我说:"都是按9月18日生来过!"别人说:"这不就得了!"于是,我就想起了这首儿歌,深深地体会到了这首儿歌的温暖。

"没妈的孩子像根草!"在我不到两岁的时候我的母亲就去世了,打我记事起就一直跟着哥嫂生活。那时过得日子有多么苦?现在每当我给自己的孩子讲起来,他们就像是在听天方夜谭。也难怪,那时的地里、沟里、壕里、路边上的野菜都被人挖净了,就连树上能吃的叶子也都被人们吃光了。比如椿树、柳树的叶子都不好吃,可是经过大人们用开水惄惄,椿树叶不臭了,柳树叶不苦了,那时吃起来还特别香。如今想来真的不可思议。而现在,地里、沟里、壕里、路边上到处长的都是野菜,无人问津。

一天中午我从地里挖野菜回来,嫂子从碗里拿出一个鸡蛋递给我说:"今天是你的生日,快吃吧!"我拿着还有一点点烫手的鸡蛋喜出望外:一家六口人就我一个人搞了特殊。要知道,当时一个鸡蛋换的食盐够我们全家吃半个月的。后来,我每年的那个时候都能吃得到嫂子给我煮的一个鸡蛋,所以后来每到那个时节,我也会在心里想着嫂子在哪一天该给我煮鸡蛋了。至今,我仍然感谢我的嫂子,在那样困难的日子里每年都能记住我的生日。再后来,我渐渐长大了才知道,嫂子在每年的9月18日都会准时为我过生日,亲手煮一个鸡蛋。有一天我亲口问起我的生日时,嫂子说具体哪一天她也说不清楚,反正就是这几天,就按18这一天过吧。我只好又问父亲,父亲说,具体哪一天你去问你宝聚婶子,你和他家的大儿子是同一年生。我就跑到宝聚婶子家问,婶子说:

"反正你不是9月18日生,你比俺儿子大!"

我又问:"那我到底是哪一月哪一天生的呀?"

她说:"我也说不清楚!"

就这样,管他大和小哩,我就在每年的9月18这一天过生日。

后来,我参军当了兵,第一次从部队回家探亲见到了宝聚婶子,在说到我和她儿子的年龄时,婶子说:"你比俺儿子小!"我问小多少?她算来算去也没有算出个所以然来。

我笑笑,宝聚婶子也笑笑。

没妈的孩子命苦,连自己的生日都考究不清。如今我想:小时候记生日盼着过生日,因为可以吃到一个鸡蛋。现在生活好了,天天就像过年一样,鸡蛋天天吃,再研究哪一天过生日又有什么意义呢?

——我心里虽这样想,那也只是自己安慰自己罢了。因为生日那个结还在!

悠悠岁月情

  踏着光阴而行,日子在不经意中已经成为过去,昨日花开,今日已是落红满地;昨夜月明,今夜已是浅浅蛾眉;昔日朋友,今日能记得的已寥寥无几。除了那些斑斑点点破碎的记忆,再也找不出昨日的影子。

  晓丹,在你没拆开这封信之前,你会想到我吗?时光匆匆,物是人非,隔着几十年的光阴,你是否还记得,有一个远方的人儿,曾经在你的生命中曾作短暂的停留。

  悠悠岁月,悠悠的情。你还记得吗?村南边的那条小河旁,我们共同植下的那棵小柳树,现在已成绿荫。每每看到它那婆娑的舞姿,我就仿佛又看到了你那轻盈苗条的身段,听到你那甜美略带磁性的声音,想起你那温柔的话语。心中,总是波澜起伏,沉浸在深深的思念中,不能自已。

  还记得那是1983年3月的一个下午,我应约来到小河边。你对我说,你要走了,要到你姐姐那里去,只是到那里去玩玩,看看,十天半月就回来,然后就置办嫁妆和我结婚,走进真正属于我俩的二人世界。你突然地道别,我当时就懵了,我不知道说什么好。你看我不信,便用"顽皮"的双手搂住我的脖子冷不防地在我的腮边亲着,轻声说:"我会每天都想着你的……"

  在依依惜别中,你去了。我有一种预感,你这一走再也不会回到我身边了。第一封信,是缠绵的话语,千千心结,柔情蜜意,令我感动。第二封信,是平常的问候,疏疏离离,已透出几分寒意。第三封信是冰冷的直白,勉勉强强，意思明显。我至此才知道，你的人变了，你的心变了。那里条件好，工资比内地高，在你姐夫的帮助下，你又找到一份临时工作，日子过得很惬意。你跟我说：如果我愿意去那里，你汇路费来，并画了一张线路图。你知道吗？走出家乡的路很长，走回故乡的情很重！

　　当时你的选择真让我吃惊不小。晓丹，女人的心真的是天上的云吗？"如果我愿意……"意思很明了，不愿意那就"拜拜"了。你说家乡贫穷落后，可家乡总归是生咱养咱的地方啊！金窝银窝不如家中的草窝，这里有根，有乡情，有喊儿归的乡音……

　　十年寒窗，乡邻们一直在盼望我们毕业后回来，带领他们搞科技兴农，朝小康路上奔。没想到，你没在家乡的黄土地上刨一个坑，撒一粒籽，就走了，你带走了父老乡亲对你的希冀。我能去吗？感情再深，能比上对故乡的深情厚爱吗？所以，我默默地选择了放下，退出了你的世界，淡出了你的视野。而你，也得以轻松自在地追求自己的幸福生活了。

　　晓丹，这几年，家乡在党的富民政策指引下，较从前已彻底改变了模样，特别是咱们村，群众的生活水平已发生了翻天覆地的变化，乡邻们已不再局限于二亩地了，办起了饲养、刺绣、针织、制革、制鞋等厂子。过去街道泥泞，房屋参差不齐，如今道路平坦、楼房鳞次栉比，美丽乡村建设焕然一新。一条柏油马路直通到县城……

　　晓丹，我还能称你小妹妹吗？转眼，你一去就二十多个年头了，你能想象到如今的家乡是个什么样子吗？常言道："狗不嫌家贫，儿不嫌娘丑"。我还是希望你有机会回来一趟，来看看我们今天美丽的家乡，那杨柳依依，那碧草青青，那麦浪滚滚，那花团锦簇。来吧，来参观一下我们"苏州园林"式的新农村建设，来看看家乡的变化和那迷人的田园风光。相信你会满怀喜悦，笑容绽放。

　　我盼望着。外边的世界很精彩，外边的世界很无奈。我相信，有一天，你一定会回来！

老子故里行

利用几天的闲暇时间，欣赏了洛阳牡丹甲天下的那种国色天香之美誉的牡丹花都之后，接下来我更想看看"老子天下第一"的鹿邑县。因为在我的旅游计划之中。于4月12日来到了中原之行的第二站——老子故里河南省鹿邑县。经友人介绍，这个一百多万人口的县城位于豫东，北与商丘市交接，东与安徽省亳州市毗邻。鹿邑县是春秋时期伟大的思想家、哲学家、道家学派创始人——老子（李耳）的诞生地、李姓的发源地。这里有着悠久的历史和深厚的文化底蕴。久誉盛名的宋河粮液出自鹿邑，全球公认的老子故里就在这个安静的小县城里。其实，在我没有到鹿邑之前，已经通过友人的间接介绍知道了太清宫、老君台等景点。估计是宿命，让我这样近距离地触及"道可道，非常道，名可名，非常名"的经典。

抵达鹿邑的时候已经是傍晚了，所以出行的事便放到了第二天早上。晚上下榻烟草大酒店，说起来就很兴奋，想当初，是朱镕基总理曾经住过的酒店呢！第二天一早，和朋友一起在一家小摊上吃早餐，喝着一种很神奇的糊糊，这种糊糊香味浓浓，糊糊的上边撒有黄豆，好香哟。友人说这叫妈糊，是由大豆和小米用石磨磨了以后熬制而成的，而后在给客人盛妈糊时佐以一小把煮熟微咸的黄豆撒在上边，味道醇香，厚实。这样的早餐会让人感觉踏实而幸福。

匆匆吃了早点，便搭乘出租车到了太清宫。下了车，一座雄浑的古典弯檐建筑稳稳"端坐"在眼前，天气很好，蓝色的天空下，这样的建筑让心境中崇敬的情愫如壶口瀑布一样奔涌出来。我稳下心神，走进红色的大门，仅几十步便见到一口井，名曰望月井。很美的名字，总会令人遐想，由于地理位置的精工巧设，甲子年的中秋夜在望月井中可以在看到一轮圆月，真正可鉴古人的巧夺天工。正殿南十多米处四角香炉前，很多香客正在烧香还愿，钟声萦绕，香烟袅袅，让人无法不虔诚面对。太极殿的左前方，有一根一米多的铁柱。友人给我讲了这根铁柱的传说：

　　据传老子在苦县讲学的时候，每天都会从一座山下经过，本来这是一座没有名字的山，特点就是很高很高，直接进入云层，把太阳光遮挡得严严实实，因为太阳被隐藏起来了，后来就有了隐阳山的名字。山北边由于见不到阳光，终日冰冷，人们苦不堪言，甚至会冻死在深山里。可山南边却烈日炎炎，晒得庄稼颗粒无收。甚至还有毒蛇出没，人们生活在水深火热之中。山两边完全就是冰火两重天。每一次老子路过这里都会觉得很难过，恨不得一鞭子把山赶走，就像赶牛一样。随后老子到了秦国讲学，已经成了仙，仙人骑的牛也自然是仙牛。这天，仙牛突然说话了："先生，咱该回去看看家乡了，乡亲们可还在隐阳山下受苦受难呢。"老子说："我的牛啊，你觉得我该如何呢？"仙牛回答："我们今天晚上回去吧。"于是老子和仙牛便在这天夜里回到隐阳山。回到山里紫气东升，祥云飞舞，四处一片祥瑞之色，老子手中赶牛的鞭子突然变成铁的，变得有几千丈长，老子也变成了巨人。老子意识到这是要让我赶山啊，于是便挥起鞭子抽了三鞭，一鞭下去，飞起来，落到东边变成东岳泰山，一鞭又飞来，落到西边变成河南平顶山，最后一鞭直接把下半截山打到地底下去了。从此人们便过上了幸福快乐的日子。这根铁柱便是老子随手插在地上的。

　　虽然是传说，却表现了淳朴的人民渴望安静祥和和对美好生活的愿望，也给神秘古朴的太清宫增添了一抹瑰丽的浪漫色彩。

　　太极殿的北边是三清殿，供奉三清道祖。继续北行，便到了老子故居，也就是老子日常起居生活的地方。比起太极殿和三清殿，总觉得这里更具有亲和力，仿佛能够看到老子他老人家每日闲雅清净的生活，旁边有鹿舍，养有几只鹿儿，鹿自古以来便是祥瑞之物，养在这里，定多了些灵性。说实话我真心盼望着过那种清心寡欲，自在自得的日子，闲来读书，日出三竿我尚醒，桌边常有酒半盅，真是神仙般的日子，仿佛吸进肺腑里的空气都有神化了的味道，这估计也就是老子故里所给人的感觉吧。

继续前行，是聚仙廊，这里让人无法不去幻想。聚仙廊里定会时不时有神仙们的高谈阔论，他们一位位鹤发童颜，仙风道骨，这样的景象着实令人神往，觉得自己连呼吸都变轻了，为了不打扰仙家，我且屏住呼吸，静静飘过吧。聚仙廊继续北上，气氛突然庄重了起来，一座双层四角亭中，树立着一块石碑，是先天太后，也就是老子母亲的赞碑，来自宋真宗的手笔，亲自撰文，亲自书丹题写碑名。可见宋真宗对老子母亲的无限敬仰之情，是集合御书、御笔、御额为一体的碑刻，故另名为三御碑，用的石料坚固无比，从宋代保留至今，堪为罕见。三御碑北边一点便是先天太后墓了，一座圆形的坟茔，庄严肃穆。墓碑上是唐代著名书法家颜真卿的亲题。

走到这里快到了回返的路途，旁边有一小殿，名曰娃娃殿，祈求添丁进口的人们络绎不绝。路遇奥敦妙善石馆，来到了一处水域，名曰仙缘度，与聚仙廊东西相望，水域上架一桥，叫仙缘桥，是由木板绳索攒成。走在桥上晃悠悠的，一阵突然的眩晕感袭来，让我用力抓稳了桥的栏杆，这可不是病态，得道成仙之前都需要这种飘飘欲仙的感觉吧，这种感觉直到过了桥走上石板路依然无法自持，总觉得路左右摇摆，定神无果，算了，为了成仙，我就这样癫狂一阵吧。这时在路旁的油菜花丛中赫然发现了一株奇异的植物，伞形，上面分五支，又撑起五把小伞，怀着好奇之感我掐下一把小伞，拿在手中捻转，觉得很新奇，以前没有见到过。同行一老兄一句话把我打到谷底："别玩那个，有毒，那叫猫儿眼，我们小时候说过的童谣，'猫儿眼，点三点，不肿鼻子就肿眼。'"一句话差点没让我哭了，赶快把手中的毒物扔掉，装作若无其事的样子，然后怎么都觉得自己有什么地方不对劲，当然不久后这种感觉就消失了，神奇的地方搭配神奇的植物也应该不足为奇吧。

走出了太清宫，心中的那份崇敬又一次升华，太清宫的正南是老子文化广场，走过五门直冲云霄的牌坊后，一尊二十多米的老子塑像端屹，老子双目微闭，从他身前经过的芸芸众生显得那样渺小，入玄的模样，不愠而威，长髯飘飘，双手合于胸前，宽袍阔袖。基座上书有四个大字"天下第一"，有老子天下第一之势，在那里拍了照片，总觉得自己也恍若道中人，若世间真可以无为而治该多好,四处一片祥和,人们生活在祥和安静之中自然也就会清心净欲,又怎会有不和谐产生呢。塑像周边一圈是老子画像的不同版本,是啊,世人均未见过老子,又怎能写实地刻画老子的容貌,但是所有的塑像都气宇轩昂,鹤发童颜,这也就应该是人们心中与仙有缘的形象吧。往画像旁走几步便可看见一处青铜铸造的雕像,或孔子问礼、或书童伴身,抑或老子书写《道德经》,都是那样地自在自得,超脱凡世。

  探访了老子的家,自然要到老子升仙的地方走一遭,在鹿邑东北隅,与太清宫东西辉映的便是明道宫了,首先映入眼帘的便是众妙之门,来自《道德经》里的句子,"玄之又玄,众妙之门",无征兆、无端倪、无形象、无边际,至为深远者,谓之"玄"。至微又微、至远又远、至隐又隐,无法估量者,谓之"又玄"。玄之又玄、正表明了一个"道"字的博大精深,没有人可以参透其中的精髓,四根红漆柱子支撑起一座标准的中国对称式牌坊,大气壮观。通过众妙之门,十几步,脚下一幅巨幅的八卦图平铺,正前是明道宫,供奉老子,雕像两米有余。明丽彩塑,精工巧雕。明道宫的背后是老君台,也就是老子得道升仙的地方。有趣的是这里也有一根赶山鞭,与太清宫里的相得益彰,除了神话传说中说的以外,这根铁柱还有另外一层含义,由于老子曾任周朝史官,在朝堂上做大事记录。古代天子尊贵无比,朝廷议事只有他一人坐着,百官皆肃立阶下。为了书写方便,周天子允许老子倚在殿内的柱子上记事,为此,老子被后人称为"柱下史",后人在建庙时就在庙中立一铁柱以示纪念,后来道教将老子尊为始祖,道士们便把铁柱缩小为发簪插在头上,表示对老子的虔诚和尊敬。

  老君台山门下青石台阶共32层,加上正殿前一层,恰为33层,正符合老子升33层离恨天之说。进入老君台山门,是正殿,面阔三间,提到老君台,不得不说的是那个在抗战时期发生的故事。那是1938年农历五月初四,进攻鹿邑的日军误以为老君台是国民政府的工事,便向其开炮,发射了十三枚迫击炮弹,没有一枚爆炸,有打到墙体的,有打到柏树树杈上的,随后这队日军走进"明道宫",爬上"老君台",看到台上大殿里供奉的"太上老君",一个个张口结舌,目瞪口呆,继而便不约而同齐刷刷地跪倒在大殿门前,并口中念念有词,请求"老君爷"宽恕自己的罪行,并保佑自己能"平安回国"。能想到当时日军那可笑的狼狈相，这必定是老君显灵了吧。老君台下陈列着四枚锈迹斑斑的哑弹，更加证实了这一点，抬头一看，大殿东边一棵柏树上赫然斜插着一枚没有爆炸的炮弹，我心中的那份崇敬又伸出了触角。老子的神秘莫测就那样牵引着我一路看下去。怀着崇敬虔诚的心从老君台后拐出，看到一个许愿池，中间有一个半米多高的宝葫芦，宝葫芦的口径也就二寸左右，近旁全是人们许愿投进池中的硬币，旁边书有小牌说明，若投入宝葫芦内，愿望将灵验无比，有些后悔当时怎么不投一枚硬币许一个美丽的愿望呢？可世事总会有遗憾，等下次吧，到了老君台一定要做这件事。

一首古体写给鹿邑之行：

《问道》

问道豫东老子家，

寻踪鹿邑伴孤侠。

道德经里哲理有，

清净无为仰望他。

映山红

　　映山红，又名杜鹃花，在所有观赏花木中，为世界著名花卉，中国十大传统名花之一，花、叶兼美，田栽、盆栽皆宜，用途最为广泛。映山红素有"木本花卉之王"的美称，古今中外的文人墨客作了许多赞诵映山红的美文诗句，如宋代杨万里的一首"何须名苑看春风，一路山花不负侬。日日锦江呈锦样，清溪倒照映山红"。颂扬了映山红质朴、顽强的生命力。

　　我认识"映山红"比认识杜鹃花早。有人可能会说，"映山红"就是杜鹃花，杜鹃花就是"映山红"。"映山红"就是杜鹃花，那是我后来才知道的。

　　1975年初，经过一个多月的军事训练后，我被分配到了龙虎山下某通信团下属的一个连队——接力连。到达连队后给我的第一印象就是连队的后边是山，对面是山，前前后后，左左右右都是山。连队营房就建造在山脚下。营房的周围到处是叫不出名字的这树那草的。星期天和老乡一起爬到营房后边的山头上，极目远眺，群山藏在薄雾里朦朦胧胧，山头时隐时现，那真是山的海洋。指导员怕我们新兵想家，除团部一个星期安排一场电影外，就安排几个老兵在晚饭后叫上我们到营房的周围散步、谈心，做我们的思想工作。星期天的时候安排老兵陪我们在营房周围的山坡上照相、聊天。陪我经常散步谈心的老兵叫毛建良，他是江苏人，对我们新兵特别好，他在部队已经五六年了，我们都喊他老同志。

　　一天吃过早饭后，他指了指周围的草丛对我说，不要看现在这里没有生机,那一片高一点的是茶树,结出的茶子,江西老表都是用它做油料,那一片和那一片是映山红,春天来的时候,满山遍野的映山红就会开了,千姿百态,美不胜收,看了你就不会再想家了。到了寝室,他从抽屉里拿出相册给我看,指点着对我说,这是在龙虎山下照的,这是我当新兵的那一年映山红开的时候在咱们营房后边指导员给我照的。我说,这不是电影《闪闪的红星》里边的主题曲《映山红》吗?他说:"嗯,聪明!"

我说:"我喜欢电影《闪闪的红星》,喜欢电影里边的潘冬子,喜欢电影里边那满山遍野的《映山红》!"

我们俩都忍不住哼唱起来:

……

若要盼得哟红军来

岭上开遍哟映山红

若要盼得哟红军来

岭上开遍哟映山红

岭上开遍哟映山红

岭上开遍哟映山红

……

我说:"要是真像电影《闪闪的红星》里边唱的那样,那这里可真是美极了!"

老同志说:"这里的一山一水、一草一木都美。这里是老区,这里的人民爱军队,我们也要好好地爱护他们。"我心里顿时对这里的一切产生了敬意。他又对旁边围上来的几个新兵说:"你们看,对面的龙虎山上一个洞一个洞的,你们知道洞里边有啥吗?"我们都很奇怪,问他洞里有啥?他说,那里边有棺材。我们都很吃惊。我说,这里的人武功肯定了得,这么高的山能把棺材放上去,他们是怎么放上去的呢?他说,据当地老表说,那洞里的东西,是神仙用金丝线吊上去的,也有人说这洞里装的是无字天书、金银财宝。我说,这也太玄了吧?老兵说,这是神话传说,星期天我们向连长请假,领你们几个去龙虎山看看,开开眼界!

星期天,我向连长请了假一起去龙虎山。龙虎山看着很近,走了一个多小时才走到山脚下。我们从龙虎山的北面沿着弯弯曲曲的山道向里走，在老兵的带领下往山上爬。山道两旁有松树、茶树、樟树，还有各种各样我叫不出名字的花草树木。再往里走，阳光也越来越暗，周围出奇地静。抬头看看头顶是山，山好像要压了下来，我心里直发怵。忽然，一阵扑棱棱的声音从草丛里响起。我打了一个寒战，把心提到了嗓子眼儿，站在那里。老兵说，是野鸡。他跑过去折腾了一阵也没有找到什么，就失望地回来了。我说："这山里有野鸡，会不会有老虎？"老兵说："没有见过，好像听老兵说有野猪。"

我们没有爬过山，大约爬了三分之一的路，我就累得气喘吁吁，我的衬衣也湿透了。我把帽子摘掉说，累坏了，不能再爬了。在我的建议下，大家一致同意，下一个星期天再来。后来，我的战友又去了一次，据说他们爬了上去，但没有爬到顶峰，就这，他们在我的面前也炫耀了好一阵子。因为山高，我一直到退伍都没有爬完过。也许是自己给自己留下个悬念或念想罢了。直到后来，还出现过梦中爬龙虎山的情景。

紧张的军事训练使我忘记了想家、忘记了烦恼，把心思全部放在了争当模范标兵上。

那天晚上是我最后一班岗。天蒙蒙亮的时候老同志也起来了，我们就端着脸盆到营房后边的井边洗漱，我抬头看到营房后边的那一棵梨树开了花，再一看，营房周围到处都是花。这就是映山红吗？我问一起洗漱的老同志。老同志说，是呀，就是我给你介绍过的映山红！

天大亮了。那一天，天湛蓝湛蓝的。抬眼望去，那火红火红的映山红在青山绿树之间云蒸霞蔚，一团团一簇簇，开得那么热烈，那么绚丽。我跑上前去，摘起一朵放到鼻子下边，一丝芬芳沁人心脾，哦，真美！过了几天，映山红映红了满山遍野。站在高处俯瞰营房，营房被花的海洋包围着，就像花的海洋里漂浮着一叶小舟。真真无愧于宋代杨万里的那首：

何须名苑看春风，
一路山花不负侬。
日日锦江呈锦样，
清溪倒照映山红。

我陶醉在这梦幻般的美景里。在我的计划中,等到我退伍时一定把我爱吃的空心菜引进我们家乡(因为空心菜是蔓生草本植物,采收期长,一年可以吃几茬)。现在我又多了一个计划,那就是把映山红取几棵带回家种植。遗憾的是待到退伍时因时间仓促,只带了空心菜而忘记了带映山红。后来想想也不后悔。因为空心菜对土壤条件要求不严,好种植;映山红娇贵,生长在大山里,大山里空气湿润,土壤肥沃,平原的土壤它不会适应的,等养失败了倒落下终生遗憾。

　　现在,屈指算来我离开部队已经有三十多个年头了,听说我们的团部也已经解散合并了,连队也没有了。如今的我也已是满头银丝,当兵时的一些事情也渐渐淡漠起来,虽然一些事情早给淡忘了,唯独使我记忆犹新的还是我那连队营房周围,那满山遍野的映山红。我虽没把"她"带回家乡,可那段当兵的日子连同那漫山遍野的映山红永远留在我心中。

　　我怀念那漫山遍野的映山红!

那一年我当兵

在家常听老一辈讲："好铁不打钉，好儿不当兵。"如今这老理儿早翻了个个儿，好男要当兵。

而我能当上兵，是应了人们常说的一句俗语，叫："天时、地利、人和！"

这三者我都占全了。首先是天时——正好是那一年；地利——我家住在公社对面，天天在公社门口、院里穿梭；再就是人和——地利让我认识了带兵的军医王得力，这不就是人和了吗？王军医是我省驻马店的，在部队他是卫生员，我尊称他王军医。他负责新兵体检。

70年代初，农村那没明没夜地劳作，大一点的人都深有体会：伏里天，气温正高的时候，生产队队长就让你冒着酷暑去铲除路边、沟里表层面上的浮土、杂草，搞高温积肥、沤制绿肥。年龄小一点的就让你去割草喂牲口；秋收后，天不明生产队的铃声就响了，干什么？起来打坷垃（有一次我扶着榔头睡着了，你可能不信）；冬天，生产队队长让你下地深翻土地；下雨了，让你取自己房屋内的土积肥，雨后让你铲大街的泥积肥；下雪了，生产队队长就让你清理街道上的雪，用板车往地里拉，说："雪是小麦的被！"

拽着日头干呀！

这日子我实在熬不下去了。

认识了王得力后，我就背着父亲去找他。知道他爱看书，我就给他找书看，知道他爱听豫剧，我就找广播站的老伙计给他录了一盘豫剧《朝阳沟》，经过多次接触、沟通后，王军医看中了我，并同意我到县里体检。

身体当然没有问题,可是在政审的时候出了问题。因为一个大队只要一名,而我们大队去了两名,且经过体检身体都合格。另一名看参军的希望出现危机,就告我年龄不够。我家和公社对门,我就赶紧让我哥哥找人看看我的年龄够不够,如果不够了赶紧改一下。哥哥看后回来说我的户口没登记(看看,这就是没有娘的孩子,连户口都没有)。后来,那人又找人做我的工作,说我年龄小着哩,明年再去也不晚。在农村那累死累活的日子,我能愿意吗?我死活不同意。这一下,那家伙可气得要死。在一天晚上,我和几个伙伴在乡村露天影院里看电影的时候,那家伙趁我不备用拳头偷偷地捅了我一家伙。以至于现在见了他我就想报复他。当然了,我能当上兵还得益于另外两个原因:一是我父亲是大队会计,但他是老好人(别人在批判他时说他老好人就是老孬人),对他来说,我当不当兵都中;二是我有一个旁院的叔,他姓刘,是大队民兵营长,我们又是一个生产队,你说他胳膊肘咋能向外歪?

我换上了绿军装,踏上了远去的列车!

在部队,我参加了3个月的军训:起步、正步、跑步、紧急集合,摸爬滚打,我没有掉过队。3个月的军训过后,我被分配到接力连,是无线电接力。在连队,我一边学习无线电知识一边学习文化知识,连里我是先进,营里我是模范。

我当兵3年。现在想想,没有部队这3年的锻炼,我学不到这么多的知识,也开阔不了眼界。我当兵那一年是哪一年呀?

哦,想起来了,是1974年底!

写在战友诗集的后边

接力连群是战友周万华组建的，在这个群里，志跃又发起了每人一首诗歌的倡议，大家都积极响应，不几天就收到了战友的诗歌一百多首，有的战友一人就写了好几首，可见战友们的情谊是多么深厚，渴望聚会的心情是多么强烈。

细读这一首首诗歌，读出了战友们那压抑在心里几十年的思念之情。战友晏绍贤在《忆接力连》之一中写道："别梦依稀记逝川，军营三十二年前，解甲还乡辞接力，战场转换自扬鞭，每见红星思好友，常翘白首望南天，寻觅音讯千百度，茫茫海角泛云烟！"毕春璞站长在诗里写道："战友聚首龙虎山，畅叙惜别忆甘甜，接力短波传军令，南澳东山登险滩，黄冈山上筑基站，井冈山下泰和联，官兵和谐亲兄弟，共筑军魂美名传！"像1972年当兵的毛建良站长在《怀念接力连》中写道："新兵入连九兄弟，战友情谊植心底，感恩老兵多帮带，吾辈永不敢忘记。自从一别各东西，战友未曾再相叙，魂牵梦萦接力兵，期盼十月喜相聚！"连队周围的一草一木都牵挂着战友们的心，像张鹏在《忆接力连营房前板栗树》中写道："天赐果树营房前，中秋十月果沉甸，营房已旧人未留，无缘再偿板栗甜！"

当兵那几年，我去了上清宫，上清宫有一个古钟，我和战友张军民、翟公房三人坐在古钟上边照了一张相，至今放在影集里。还有连队的营房，营房后边的一棵小梨树以及漫山遍野的映山红经常在我的脑海里浮现。更让我不能忘记的是，一次我在营房后边散步，一抬头，看到一只火红火红的小狐狸朝我这里张望，我非常惊奇，在与它对视的一瞬间，我想打招呼让战友看的时候，一眨眼就没有了踪影……我非常怀念我的战友，怀念连队里的一草一木：保家卫国去当兵，三年积下战友情，四十余载弹指间，一草一木记得清，营房伙房在不在，鱼塘梨树印心中，一只红狐入梦来，漫山杜鹃仍忆卿！

  我1974年底入伍，是1975年的兵。当时全连只有几十个人，1977年退伍以后我就不知道连里又增加多少新兵了。现在，站在我面前的有老兵有新兵，一张张生疏的面孔微笑着，一双双温暖的手紧握着，一颗颗激动的心跳动着，有很多话儿如鲠在喉；眼睛湿润了，要流出泪来。流吧，任眼泪恣意地流，流够了，问问他，这么多年你过得还好吧？……

  四十多年过去，弹指一挥间，如烟往事历历在目，一切仿佛是昨天。部队紧张而又有条不紊的生活，磨砺了我们处事不惊、遇事不乱的军人性格，锤炼了我们果敢坚毅、刚正不阿的过硬作风；部队短暂而又刻骨铭心的经历，培养了我们患难与共、生死相依的纯真感情，留给了我们取之不竭、用之不尽的宝贵财富。我们为自己曾经拥有部队的生活而感到骄傲自豪！我们以在部队生活中结下的战友情缘而慰藉终身！

  我们赶上了这个时代，应该感谢这个时代，是高科技通讯又把我们天南地北的战友连在了一起；感谢战友群群主的热心肠和责任心，以咬定青山不放松的韧劲，把我们一个个召集过来聚在一起；感谢这次聚会的发起人——李朝贞连长和金永相指导员，使我们能够在这里——华侨饭店举杯畅饮、共叙战友情。

  最后祝各位战友在以后的岁月里生活美满、幸福安康！

那些年，我又想起了"国富叔"

在20世纪的六七十年代，家乡的刘国富也算得上个"人物"。这不是因为别的原因，而是因为穷得出了名。

刘国富是我的邻居，和我父亲同辈，我应该喊他叔。在我小时候的印象里，他冬天穿一身露着棉絮的破棉袄，一天到晚弯着腰，冻得鼻涕直往下流；夏天，他穿着露腚的单裤子，光着脊背，脊背被太阳晒得黑亮黑亮的。

国富叔是个独生子，父亲早逝。生产队为了照顾他，让他夜里照看队里的仓库，这样可以给他加些工分。后来，队里帮他撮合了一个媳妇。媳妇娘家也很穷，媳妇有病，常常控制不住尿裤子、尿床。当时，大家不知道叫啥病，反正也没钱看病。

国富叔不嫌弃自己的媳妇。媳妇对他也很好，不光能给他铺床、暖脚、洗衣、做饭，还给他生了几个孩子。说来也奇怪，国富叔虽然不识字，给三个娃取得名字还蛮有水平哩！大娃叫分粮，是因为当时生产队正好分给他家40斤小麦，半口袋小麦刚背到家，媳妇就生了。二娃叫存粮，是因为那年生产队响应上级号召种红薯，大家整天喊着"红薯下蛋，不是八千就是一万"的口号，当年红薯大丰收。国富叔、婶两人省吃俭用，到来年的春季，竟然还存有二十来斤红薯干，这时，正好第二个娃生了下来，二娃就顺理成章地叫"存粮"了。这第三个娃倒是后话。

虽然穷，但国富叔一家过得热热闹闹。因他看生产队里的仓库，以后就看出了麻烦。刚结婚那两年，两个劳力挣工分，不管咋说，饭菜不好也能填饱肚子，陆续添了两个孩子后，生活更加紧张。你想，国富叔一个人整日围着粮食转，而这边几口人饿得半死不活的，谁不会动心偷一把粮食呢。于是，国富叔就趁着看管仓库的机会，往家里偷粮食。那时候，生产队里的粮食也不多，到年底，就剩下半口袋小麦了。后来队长检查仓库时，发现那半口袋小麦明显少了些，于是就追问："刘国富，你是不是偷了粮食？"国富叔吓坏了，半天没敢吱声，后来又不承认自己偷了。队长把这事报告给大队治安主任，治安主任不管三七二十一，先打了他几个耳光，国富叔这下子吓瘫了，不但招出了偷吃仓库里的五六斤粮食，还偷吃过喂牲口的炒黄豆。

那些日子，国富叔白天被游街，晚上在大队里被开批斗会，并让其媳妇陪着。那时，大儿子分粮五岁，存粮才两岁，看到那场面，吓得嗷嗷直哭。国富婶子的裤子湿得更透了。人心都是肉长的，群众看这一家子可怜，游斗了三天后，再也没人看热闹了，偷队里的粮食这事也就不了了之了，但国富叔从此"偷"的名声传出去了。

那些年，国富叔一家四口人住在三间破草房里，媳妇的病越来越重，挣几个钱都用在治病上了。又加上两个孩子的拖累，日子一直没有起色。没起色也罢，可偏偏他家又添了一个娃，这下他家更揭不开锅了。这次他给娃取了一个余粮的名字，这名字是在表达他的一种愿望，想着以后有饭吃。你想，饭都吃不饱肚子，哪来的余粮啊！但穷人有穷人的打算，穷人有穷人的愿望。不知不觉中，国富叔的几个孩子大了。分粮、存粮、余粮都也能帮助家里干活了。

再后来，农村实行了联产承包生产责任制，国富叔家的好运也便来了，他和三个孩子一天到晚硬是在自家所分的责任田里刨出了希望。相继三年间，他家添了两处新瓦房，又娶回了两房儿媳妇，一家人的生活红火起来了。去年，我回了趟老家，又见到了国富叔，他家里添置了小四轮拖拉机，又种植了蔬菜大棚，年收入可达三万多元。那次，国富叔陪我喝了一瓶白酒，结果他先醉了，嘴里却说个不停："国家富了，刘国富家也富了，全国人民都富了。没想到，我穷了大半辈子，老了老了享上清福了！"

国富叔酒后的笑是那么灿烂。

怀念爷爷

听老人们说，在我不到两岁的时候，母亲就撒手而去了。我爷爷整日抱着我，东家大娘西家婶子地给我找奶吃，夜里由爷爷搂着我睡觉。岁月沧桑，不知爷爷为我操了多少心，在我的印象里，爷爷的背一直是驼的，稍干点轻活儿，就累得喘不来气（农村人称老闷气病），但他仍对我千般呵护：父亲、哥哥给他老人家买好吃的，他自己舍不得吃，背着父亲、哥哥给我吃；家里任何人欺负我他都不愿意。在我幼小的心灵里，爷爷最疼我。

记得有一年的夏天，由于天气炎热，农村人都爱睡在外边，我和爷爷就睡在院子里一张板床上。我睡觉不老实，掉下床后又接连滚到床下边睡着了。半夜里爷爷一伸腿不见了我，慌忙起来，他眼睛不好使，一边用手在地上摸着，一边喊着我的乳名。喊声惊动了屋里的哥哥，哥哥点着灯在院子里到处找，最后才在床下面找到了我。据哥哥说，当时，爷爷从床下把我抱上床，端着灯从头到脚看了个遍，心疼得掉下了眼泪。

待我17岁那年，翅膀硬了，心也就野了，老想着摆脱爷爷对我的溺爱，到外边闯闯。那年冬季正好征兵，我就背着爷爷和父亲，缠着带兵的人带我走。一位老家是河南驻马店的王得力军医说："只要你身体合格，父母同意，我就带你走。"于是我参加了体检。

身体当然没啥问题。父亲是愿意让我出去锻炼锻炼的，可爷爷那一关怎么办？在即将登程的前两天，父亲、哥哥的意思是不想让爷爷知道，说爷爷知道了伤心，会不让我去的。在他老人家的脑子里，始终存留着旧社会抓丁拉夫的念头。但这样大的事瞒一天两天可以，这一去最少两年才能回来一次。爷爷是八十多岁的人了，一到冬季老闷气病又犯了，眼花，腿脚又不灵便，怎么能这样不辞而别呢？我穿上军装来到爷爷睡着的地铺前，向爷爷说出当兵的事后，爷爷仔细端详了我半天，哭了。我忙坐在爷爷跟前，拉着爷爷的手安慰他老人家。爷爷说："轮到咱家啦？"我对爷爷说："现在是和平年代，部队又是锻炼人的地方，人家想去还去不上哩！我到部队里锻炼锻炼，一有空就回来看您老人家！"

父亲劝，哥哥也解释。爷爷看是拦不住了，就一直坐在那里不吭声。我的手背凉了一下、两下，我知道爷爷在流泪，我的眼睛也湿了……

为了不让爷爷再伤心，新兵上车的那天，我没敢再向老人家告别。没想到，这一去，却成了我一生中最大的憾事。

1977年元月，在部队我收到家中寄来的一封挂号信，拆开一看，惊呆了，父亲在信上说，爷爷去世了，后事已办过了。因怕影响我的工作，没敢告诉我，让我在部队好好干，不要惦念家。

我躺下了，睡了三天，也哭了三天，泪水浸湿了枕头。天啊，为什么会这样呢？爷爷含辛茹苦地把我拉扯大，没享受过我一丁点儿福，就这样去了。我悲痛欲绝。那一夜我做了一个梦，趴在爷爷身上哭得死去活来……

后来，哥哥告诉我说：爷爷临终前说他这次病得这样厉害，可能见不上我了。在病重时，时常念叨着我的名字……

忆往事，

泪似盆雨念爷爷。

念爷爷，

幕幕细思，

悲咽更切。

戎装三载思故人，

噩耗突至北风咽。

北风咽，

苍茫大地，

又飘飞雪。

这首悼念爷爷的诗是我在部队时写下的。现在，有了家庭，我更思念我的爷爷，要是爷爷能活到今天，我一定把他老人家接到家中，好好地伺候他老人家，哪怕是一天。可是，爷爷临终前竟没能再见上我一面，看上我一眼，每当想到这些，悲怆的泪水便模糊了我的双眼……

　　人生苦短。爷爷已去世多年，但是，他老人家的养育之恩使我刻骨铭心，终生难忘。

我和妻子

我和妻子的结合，是我父亲一手撮合而成，可谓是情不投意不合。在一起生活了一段时间后，她的一言一行和对我的无理找碴儿时的宽容，慢慢扭转了我对她的看法，关系也随之融洽起来。

我爱人是独生女，在家时也是娇生惯养，不会做啥活儿。婚后，洗衣、做饭等一系列家务活儿她却都揽了过去，没一点儿娇气。我这个人好吃懒做惯了，脾气也很坏。头几年，一点儿小事不称心就吹胡子瞪眼睛，回回都闹得她坐在里间掉眼泪。

有一次，她对我说："钦民，我犟脾气让你给磨平了。在娘家时，几个哥都不敢欺负我，我这样对待你，你还有哪点不满足呢？"我脸子一吊说："谁让你瞎了眼找我这个犟脾气的丈夫呢？"

我这个人喝起酒来爱逞能，次次喝酒次次醉。每次我喝酒回来，她总是双手捧着备好的茶水给我解酒，并轻声责备我说："不能喝酒就别和人家争高低，少喝酒多吃菜，对身体也有益。像这样下去，身体非喝坏不可。"这时，我心里便暖烘烘的。一次，她因有事外出未能回家，别人请我陪客就多喝了点酒，回到家中炉火已灭，一摇暖瓶空空的。她没在家，气也没处发，自己便摇摇晃晃到邻居家引火，这时，我心里便想起妻子的很多优点来，男人没女人，家就不像个家。

当然，家庭小战争也有发展到白热化的时候。我们的战争是动手不动口，打起来也是你推我一下，我揍你一下，叽里扑通一阵子，累了互相对峙一阵，她便钻进被子里抽泣起来。我也反过头去——蒙在被子里生闷气。最后的和解还是她老早起来做好饭后，把被子一掀，拉着我的胳膊叫我吃饭，我不吃，她说："不吃不行，吃罢饭再怄气！"在真真假假的推拉中，我气也消了，又言归于好了。

一天，我正正经经地问她为啥这样爱着我。她认真地说："你不也爱着我吗？咱俩打架时你都不舍得下手。再说，你是搞文字工作的，一天下来就够累的了，我哪能再怄气，让你伤脑筋呢！"这么贤惠，这么知情达理的妻子体贴着我，我怎还会不知足呢！

转眼我和妻子已结婚二十多年了，望着妻子已不再年轻的脸庞，我想，她为这个家庭付出的何止是青春呢，人生本来就是在磕磕绊绊中过来的，小家庭的幸福生活也如此，但有了恩爱与忍让，伴随而来的就会是甜蜜。

儿 子

儿子是很懂事的。这并不是因为我作为孩子父亲的偏爱才这样说的。

作为出身于一个农村家庭的孩子而言,家境贫寒,要想有一个好的机遇、好的工作谈何容易。可我的孩子随着年龄的增长早就读懂了这个社会中的人情、世事、父母的心。

儿子的命苦,苦就苦在他还在襁褓中时,父母亲为了生计去了新疆,把他寄养在舅妈家。

人常说:穷人的孩子早当家。儿子自小学入中学后,就发奋学习。初中毕业后,为了挣钱,早早地参加了中招考试。他为什么不上高中参加高考呢?孩子的心情我是理解的。

在他的努力下,1996年9月1日终于听到了被录取的消息。他以优异的成绩被黄河科技大学录取了。那天,刚刚下过小雨,天蓝蓝的,空气中弥漫着玉米穗散发出来的甜甜的馨香,沁人肺腑,正是收获的季节。县里有朋友捎信来说儿子考上了,让快去拿录取通知书并参加体检。我接到信后到处找儿子,最后才从一个小孩子的嘴里得知,儿子和他的小伙伴们去白沟河里抓鱼去了。在学校里埋头读书不常常回家,和伙伴们亲热玩耍是正常的。但是在这个节骨眼上,错过了时间谁还能给你挽回这个机会。我急得满头大汗,到白沟河桥的西边两公里去找没有,后在白沟河桥东两公里外的河边的浅水区找到了儿子,他赤着双脚,两手都是泥巴,正和伙伴们捉鱼呢!我喊他上了岸,告诉他已被录取了,快去县教育局拿通知书,下午还要参加体检。儿子高兴至极,匆匆洗了手脚,搭上去县城的三轮车。

儿子被录取后,知道家里贫穷,在学校的三年里,从来没有张嘴跟我要过钱,不花多余的钱,给他多少要多少!现在想起来,在省会,每月不足100元的伙食费用,孩子又正是爱动、长身体的年龄,怎么熬过来了呢?他是怎样在看到一样年龄的同学出手大方、穿着阔气而忍受的呢?真真地委屈了孩子!

孩子在1999年毕业后,由于外边的世界使孩子的思想解放了,眼界开阔了,他放弃了回乡当教师的指标,利用学习到的知识和同学们在郑州边学理论边实践,先后开办了装潢公司、园艺公司,最后落脚在了广告制作上,并正正规规地给自己的公司命名为"魅力影事广告制作有限公司"。在电话里,在QQ上,我常常问孩子,你年龄不小了,什么时候结婚呀,也好让爸爸早日抱上孙子?儿子在QQ上调侃说:"不忙呀,等我成了大款!"

我感到孩子有出息了。可是,不管你是大款还是小款,做父母亲的可只是一个心愿:想早日抱上孙子。这可是天下做父母的心情呀!

留在记忆里的亲情

很多事很多人，我们总觉得来日方长，以为时间机会有的是，可生命真的是远比我们料想的要无常和脆弱。有的时候，一时懒惰，一个转身，一次别离，就会再也不见。很多时候，我们羞于表达爱，殊不知，有些话不说可能就再也没有机会。愿生命以幸福的姿态延续，让有心的人都来得及恪尽孝道；愿我们爱的人，年年又岁岁，长命无绝衰。

舅舅对我很好，在那段艰苦的岁月里，有些事情已经忘记，可唯独还有一些事情却深深地烙印在我的脑海里，让我终身都难以忘怀。

那是1977年初冬的一天，我为了躲避父亲的逼婚，徒步到了20里以外的安徽省亳县（现在的亳州市）小李庄的舅舅家。在我小的时候，每到过年，舅舅都会给我几张崭新的票子。所以，在我心里一直认为只有舅舅对我好，除了父母他是我最亲的人。那天，阴沉沉的天空飘着雪花。不知道走了多长时间，我到舅舅家时，村子里的广播正播报着时间，刚好是中午12点。舅母是一个和善热情的人，她身材高大，说话高门大嗓，快人快语。看到我来了，忙吩咐一位女孩说："去地里喊你大去！"我知道这女孩怕不就是我那位表姐，以前听父亲谈起过，她的小名叫凤云，人也长得很漂亮。因为见面少，我从来没有叫过她姐。舅母对我说："你舅是生产队长，正带领男劳力在地里抗旱浇麦哩。"这当儿，我扫了一眼舅舅的住宅，没有院墙，只有三间堂屋和两间西屋，西屋也就用做厨房了。我想，舅舅家里也比较穷，在那个特殊的年代里谁又能富起来呢？

舅舅回来见到我，高兴地一边洗手一边问，咋来哩？我说，走着来的。舅舅的脸立刻绷紧了。他问，咋了，有事？逃婚的事我不敢和他说，只说是在家想舅舅及舅母了，来看看舅舅及舅母。舅舅和舅母都笑笑，我也笑笑。舅舅和舅母知道我是一个苦命的孩子，两岁就没了母亲，在家里日子不好过。

舅舅那时还穿着单衣单裤，右裤腿上打着两个补丁，在这寒冷的天气里，他不时地搓着手。他一边安排舅母做饭，一边吩咐我说，正好地里浇麦的水泵坏了，咱爷俩到堂屋里说说话。舅舅问了家里的一些情况后说，来了就在这儿多住几天，如果急（烦）了就跟我一起到地里抗旱去。只不过一袋烟的工夫，舅母在厨房里喊，饭做好了。这时，凤云姐也没吭声，拿着擦桌布到屋里把桌子擦了一遍，然后转身去了厨房。不一会儿，凤云姐端过来一盘子煎馍、一盘子炒鸡蛋和两碗面条。煎馍、炒鸡蛋平时在家里我是绝对吃不到的，除非碰到特殊的日子。正要开饭，上学的表妹表弟陆陆续续回来了；他们和舅母都在厨房里吃，我和舅舅两人在堂屋里吃。吃罢饭，碗筷刚刚放在桌子上，凤云姐就到屋里来，把桌子上的碗筷都收拾了，从没让我插手。就这样，大概住了四五天，我跟舅舅和舅母说要回老家去。舅舅、舅母也不拦我，只是说在家急了就来这里玩。我想回家的原因不只是想家，还因为我知道舅舅家里穷，还得养活七、八个孩子，日子过得本来就够艰难的了，还要天天给我煎馍炒鸡蛋吃，天天都是好面一块，等好面吃完了，舅舅一家人过年咋办？况且，我在这里天天让舅舅陪着，让凤云姐伺候着，而舅母领着孩子却在厨房里吃另外一种粗粮饭食，我于心不忍。

后来，等我结了婚也有了孩子，一直都没有忘记舅舅及舅舅一家人对我的好。在我的印象里，由于过度地田间劳作，舅舅的背过早地驼了，但舅舅的精神头一直很好。舅舅操劳一生，四个儿子都成了家立了业，四个女儿也都嫁了好婆家，过上了安稳的日子，他们也都一个比一个孝顺。

平日里舅舅来我家，从亳州到鹿邑这期间几十里的路都是自个儿骑着一辆没有挡瓦、没有闸、没有铃的破旧自行车。舅舅生性豪放，喝酒爱来枚（来枚，一种河南喝酒时划拳娱乐的活动），每每喝起酒来从来不服人。这几年逐渐生活好了，我每次去舅舅家，舅舅就陪我来枚喝酒。我也喜欢和舅舅来枚，但就是赢不了舅舅。现在想起来，我最对不起舅舅的，是没有在逢年过节的时候去看望舅舅，但是舅舅从来也没有责怪过我。直到一次表妹凤芝（舅舅的三女儿）打来电话，说舅舅病了，我才匆忙赶到医院看望舅舅。表妹说舅舅得的是胃癌，没敢对他说。舅舅本来就不胖，这一得病，他人又瘦了一圈，脸色看上去显得苍老，眼睛也塌陷下去许多，颧骨突了出来，整个人骨瘦如柴，再没有原先的精神劲儿。看到舅舅的模样，我的鼻子一酸，眼泪不知不觉就流下来了。

有几次舅舅看到我，脸上露出了一丝笑，就是这一丝笑，让我又看到了舅舅过去的精神头儿。舅舅想坐起来，却被表妹拦住，她说："不要起来了，你就躺着跟俺哥说说话吧。"舅舅说："我真以为再也见不到你了哩！"我忙安慰他说："您没事的，安心养一段，等过几天就会慢慢好起来的。您放心，我会经常来看您的。"在表妹家吃过午饭就回来了。这期间我又打了几次电话，询问舅舅的情况。表妹说，舅舅他已经回家住了，精神比以前好多了，自打见了你格外高兴，也没有什么可挂念的了。可我心里却一直有一个放心不下的影子。

大概过了十来天的光景，表妹打来电话说舅舅又住院了。当我急忙赶到医院时，看到舅舅正在打吊针，舅舅的家上上下下十几口人也都围在病床周围。我急忙过去握住舅舅的手，可他闭着眼，嘴里已说不出话来。表妹把我拉到外边说，这一次病情恐怕会更严重了，医院已经不准备给治了，看样子是治不好了……我把兜里仅有的几百元钱给了表妹，表妹不收。她说，我们姊妹几个都不缺钱。我把钱硬塞到她手里说，这是我的一点心意，尽最大努力吧。

谁也没想到，那次竟成了我和舅舅的最后一次见面。

嫂 子

昨天，家里来了一位乡亲，按辈分我应喊她嫂子。进得门来，她怯怯地喊了声："钦民，我来找你！"她搓着双手低着头。沉默了一会儿。

我问："嫂子，啥事？"

她说："你看，孩子的事……"

我和这位嫂子是同村，在老家早就听人说嫂子是一位很要强的女人。她的丈夫老实，全靠她一人支撑着家里，又加上现在政策的优越，她炸油条、打烧饼、收粮食，挣些钱把孩子拉扯大。她的孩子争气，师范毕业后被分配到村办小学教书。今天她来找我肯定遇到难办的事了。

她说："是因为大孩子的事才找你哩！"我吃了一惊，望望坐在那里直掰手指头的嫂子说："说说看，我能不能帮上忙！"

她说："我是想让你找找人，给孩子调调学校！"

我说："孩子在村小学教得不是挺好吗？往哪儿调？"

她说："想让他调到乡一中！"

我说："他上的师范学校属中专性质，现在身边抓一个就是大专毕业，往乡一中调老师，肯定得紧着文凭高的要！"

她说："啥文凭高低！二旦家的儿子学都没考上，是顶替别人的，回来分到乡一中。还不是凭着他家有人当官。"

我宽慰她说："乡一中有啥了不起，在咱村小学，不一样吗？工资一分也不少你的！"

她说："虽然都是教书，但那名誉高，好找对象啊！"

她接着说:"孩子想着找一个同行。现在同行的嫌俺家穷,又在下边教学,农村的姑娘没工作,孩子又不愿意找!"

我说:"我跟校长不是太熟悉,先打个电话问问情况!"

我随机拨通了一个校长的电话:"喂?你是吴校长吗?……"没等我说完对方就说:"你是说侯新的事吧?"

我一愣,只好回说:"是啊,是啊。我是说侯新的情况哩,他能不能调乡一中教书?"

"不行啊,书记、乡长安排了好几个。县教育局的领导也参加打分了,他有个亲戚都没考上,侯新的事以后再说吧……"

放下电话,我向她说明情况,她一副很失望的样子,问:"一点儿希望也没有了?"

"没有。"我无奈地摇摇头。

沉默了很长时间她又说:"听说校长住在你家东边,晚上回来你到他家去一趟,兴许有点希望?"她随即在身上摸了半天,掏出300元钱递过来,说:"这300元钱,你晚上请请客。"

我望着她那一双期盼的眼睛心里一阵酸楚。这300元,在她眼里是一个不小的数字,农村一亩地的收入能有多少?官场上的一场酒又是多少?

我说:"你晚走会儿,咱一起去校长家。"看她为难的样子,我又解释说:"钱放在这里可以,但必须咱一起去见见校长!"

她说:"我不去啦,这事就全拜托你啦,我最相信的就是你。"

我说:"那办不成事,钱不是白抛了吗?"她想了想,笑说:"即使现在办不成,以后有机会再调啊,你先帮我趟趟路。"

推辞不过,我只得接过钱说:"你晚上8点以后给我打电话,如果有希望我在电话上跟你说!"

我要她再坐一会儿,她说:"今天是九月初一,我和几个人一起来的,为孩子的事,我还要去城隍庙里烧把香。"

我感到十分好笑:"烧香顶什么用?"

她不以为然地说:"可不能乱说,离地三尺有神灵,城隍爷灵着呢!"

此时,我只好无奈地为嫂子点点头,但愿她的虔诚能感动神灵。

搓背工王峰

我和王峰的认识是在 10 年前，当时他在一家理发店里正在教两位学员推拿、按摩。他那满头的长发和一脸的络腮胡子，说起话来又轻轻、慢慢的，外表很像一位艺术家。

后来接触多了才知道王峰在一岁的时候母亲就去世了，是父亲一人把他拉扯大的。1989 年，王峰高中没考上大学，想继续考，因家里穷，父亲实在拿不出多余的钱来供他继续上学。王峰成了待业青年。一天，他在城里街上闲转悠，突然看到在浴池里干搓背的代师傅在向他招手。代师傅把他叫到屋里对他说："我看你年纪轻轻的在街上闲着没有事干，不如跟着我在浴池里学搓背。不要看不起我这替人搓背的行当，我就是靠我这一双手买了辆少林轿车。你年轻又有文化、有力气，以后肯定比我还要强。"

在代师傅的启发下，王峰开始学起了搓背。

刚进浴池给别人搓背那阵儿，王峰面子上放不下来，特别是碰到同学、朋友、家乡人来洗澡、搓背，心里老感觉自己不如人，怕场面尴尬，赶紧躲开，等熟人走后再回来。

一次，他为了躲避一个熟人到外边闲逛，看到两位六十多岁的老人蹲在百货大楼前卖钉、卖铁丝。他想，老人们能在太阳下干小生意，我一个堂堂男儿还有什么不能干的？他转身回到浴池，找到那位熟人，大大方方地搓了起来。

王峰把代师傅的那一套手艺学到手后，又拜周口中洲浴池的王静堂为师,他把王静堂师傅的修脚、治鸡眼等技术全部学到手,技术在鹿邑搓背行业里很快成了一流。谈到搓背技术,王峰说,客人劳累一天来到这里,洗过澡后图个享受解个乏,你必须按照程序,周身32把,后重前轻,把把到位,使客人感到舒服、满意。捶背时打成音乐节拍,使客人听起来有节奏感,像听乐曲一样悦耳。经过多年的摸索实践,使用按摩、推拿法,王峰还治愈了不少患有脊椎增生和腰腿痛的病人。工商局有一位老同志患脊椎增生,每一次洗过澡后都让王峰给他按摩推拿一阵,结果半月给治好了。

现在形势变了,人们的思想观念也在不断更新,一些青年人冲破世俗的偏见,纷纷拜王峰为师。王峰总是有求必应,不收分文报酬,把自己的技术毫不保留地传授给徒弟们。他还经常用自己的座右铭教育徒弟:出自己的力气,流自己的汗,自己的事情自己办,靠天靠地靠政府不是好儿男!

现如今的王峰已经46岁了,经他培养出来的百余名徒弟已经遍布周口各县市,几年后徒弟各家中也都纷纷建起了楼房、平房,有的还买了小汽车,家里也都有了积蓄。

王峰自己呢?现在的王峰不但住着楼房,小车也天天开着,两个孩子也都有了工作,妻子又贤惠,小日子惬意极了。

第二辑　故事里的事

> 　　世界很大，生活繁杂，每一天，都有故事发生，每一个故事，都折射出一个时代，一种真实的生活，有苦有乐，有精彩也有无奈。文以载道，文亦渡心。那些，像阳光一样的微笑；那些，像雨露一样的关爱；那些人世间所有温暖的感动，在真实而美好的故事里，丰盈着我们的思想和情感。小故事，大情怀，平淡岁月，多彩人生。

相邀德州

星期天赶上个阴雨天气。司机小刘说德州的老虎和东良两个朋友邀咱们去玩,离咱这儿又不远,去会会他俩。德州扒鸡以味道香郁而闻名全国,也趁机弄几只解解馋。想想阴天也正是闲玩的好时候,便和小刘驱车前往二十里以外的德州。

路上,我对小刘说:"这俩朋友一个名字怪吓人的,听说那里的人都好客,轻易不去,如果让喝闲酒的话,你可要控制一点,方向盘的问题还是要考虑的。"小刘说:"没到地方就说泄气的话,有损你大喝的形象,就凭咱俩这酒量,到哪儿不是横扫一圈?老虎是纸老虎,到时看我的眼色行事。"我说:"上战场别吹牛,下战场再夸口,到人家一亩三分地里不管咋说还是防备着点儿好。"小刘看我有点泄劲,说:"怕啥,打得赢就打,打不赢就跑,不喝谁能硬往你嘴里灌?"

朋友相邀,不外乎叙叙思念之情和近段时间的工作和生活情况。谈着叙着酒菜已备齐端了上来。老虎说:"你是老兄,应坐上首,俺小弟仨各霸一方。"和老虎刚见面时,他那微黑的脸膛,壮壮的体格,浑厚的嗓音,我心里就有点不敢小视,而东良身材稍瘦,一米六七的个头,白净的脸蛋,一看就像个刚下学的书生,对他并不放在眼里。老虎让老板先去买四只德州扒鸡来,并介绍说,德州没什么好招待的,唯有神州一奇,德州扒鸡,这是当地的名特产,品尝一下看咋样,他又让老板搬来一箱上好的五星级的"禹王亭",每人倒了一小杯要求共同碰三次。我说:"虎弟,酒要喝,但不要喝多了,喝多了伤身体,喝醉了伤感情,老子曰:惟酒无量不及乱……"东良接着说:"哥还真是个文人哩,但在酒场上,之乎者也也就省了吧,来,今儿有幸见到哥,咱就撇开一切礼节,先共同碰一杯。"

就这样,酒场在"文质彬彬"的气氛中开始了。四个人对饮,我的杈("杈",方言,"指头"的意思,"来杈"指猜手指头)也不次,心里有把握,也沉住气了,慢慢地品吧。谁知道,老虎和东良是老婆纺花——慢慢上劲哩。他们一替一个和我来,我又不敢让小刘喝得太多,三五个回合下来我就有点招架不住了。正当我感到有点醉意时,门外忽然进来一位年方二十七八岁,留着超短发的女子,径直朝我走来,大大方方地把手伸了过来,东良站起来介绍:"这是师妹大侠!"我心里咯噔一下,半路杀出个程咬金,看阵势这是他们预谋好的,这女子绝非等闲之辈。握过手,我忙讨好地让座。大侠慢悠悠地脱掉风衣,往我左边一坐,接过我递过去的筷子,夹起一小块菜慢慢品味着,她望望老虎又用一双笑眯眯的大眼望着我说:"哥,吃菜!""吃,吃,不客气!"我想,她这是欲擒故纵,甜言蜜语先把你骗了,待趁你不备时再拾掇你,得防着点儿。还没容我细想,大侠已伸出胳膊说:"咱兄妹俩初次见面本应该给你端几杯,但那叫欺负人,咱就先来几杈吧!"我立刻摆手:"不,不,小妹,我已不胜酒力,今儿还得赶回去哩!"大侠说:"二十来里的路程,车上一坐,眨眼的工夫就到了,来!"左右看看,众目睽睽,惧一个女同胞真有点面子上过不去,便伸手来了起来。我俩来杈喝了一斤,我已感到胃里往上翻,我知道,我这斤半的酒量已远远超标了,我求饶说:"好妹妹,不来啦,哥不行啦!"

她说:"再来半斤!"我说:"真不行啦,我投降!"她说:"光投降不行,还得叫老师!"我说不应你的哥啦,也不叫你老师,互相抵消。她说,哥是年龄挣的,老师是技术争的,不是一回事,得叫,不然还得来半斤。好汉不吃眼前亏,举手、老师,瞬间完成,众人大笑。大侠放过我后跟小刘碰了几杯,又和老虎、东良战了几个回合。他们那是啥来杈,随便应付遮遮客人的眼皮罢了。看我俩已打满装足,主人便见好就收。

从上午十一点半喝到下午四点,老虎介绍的什么德州扒鸡还没影儿,我又不好意思开口,小刘好像理解我的心似的和老虎耳语了一下,老虎便喊老板,天到这般的时候,怎么还不见德州扒鸡上来,老板点头哈腰地说:"我派出去的徒弟在店门排队哩,今天买鸡的人特多,刚才来过电话了,这一会儿就回来,真不好意思啊!"说着,只见徒弟满头大汗地跑了进来,把提着的鸡放到桌子上说:"你这几位客人有福气哩,轮到我时就剩下这四只了。"我醉眼朦胧,望着餐桌上的四只鸡栩栩如生,鸡的颜色微黄中泛着亮光,诱人的香味使我恨不得立即伸出手去。小刘也不怯场,伸手扯了一只鸡大腿递给我,哇,香得我恨不得连鸡骨头都吞下去,小刘抓起两只往塑料袋里一装,说:"这两只我俩带着让家里人尝尝鲜。"大侠抿嘴一笑,睐斜着一双丹凤眼帮忙装好说:"管你俩吃,还管你俩拿吗?馋鬼啊馋鬼!"这样又闹腾了一阵子,一数酒瓶,五个人喝了7斤德州名酒,酒场结束后是大侠和老虎二人把我扶上车的。我虽然已醉了,但感谢的话说了一大堆,并邀请他们有空到鹿邑比试,并为自己解脱说:"在你们一亩三分地里,我,我耍不……开……"

　　大侠看我舌头都打不过弯儿了,笑得直不起腰,把掂着的两只鸡递给小刘,趁扶我一把时,往我手里塞了一张纸条说:"现在不能看,回家关在屋子里自己看。"

　　告别了朋友,远离了德州。小刘停车小便时问我说:"大侠往你手里塞得啥,我看看是不是情书!"

　　我仔细地展开纸条,趁着灯光一看,傻眼啦,嚓地撕个粉碎,这个鬼大侠,怎么能这样戏谑我。你道她写的啥?

　　赠侯哥小诗一首:

　　　　脸色苍白,双眼无光;

　　　　口喊老师,哀哀投降。

　　　　哥,下次来我再教一招!

　　　　　　　　　　大侠即日

　　我脸上真是火烧火燎般难受,小刘只是望着我的脸笑而不语。我想,回去后不知道他能给我宣传成什么样子,便说:"这事到此为止,烂在肚里,不能外传,如有风吹草动,我拿你是问。"小刘说:"这事你尽管把心放在肚子里,不了解人家还不了解你小弟我吗?"

最近一段时间德州扒鸡的香味，又在我的脑海里时常隐现。便和小刘协商，控制几天不喝酒，攒足劲儿择日到德州会会大侠，解解想吃德州扒鸡的馋。司马懿不带刀，我要和她单见，好好地教训她一顿。

这面子挽不回来，男子汉"大豆腐"，多丢人现眼啊！

第二辑 故事里的事

老乡住院记

老家忠哥的孙子得了心肌炎住院月余了。得知这个消息，我便去医院看望，问了病情后又把兜里的 300 元钱掏给了忠哥。忠哥推托着："你家里就你一个人拿工资，生活够紧张的，哪能再让你花钱？来看看就行了。"我说："这也是我的一点儿心意。"

忠哥接着说："正好你来了，小孩住院治疗已花去一万多元了，病也不见轻。今天，院方又通知押钱。"说着，他从床席下摸出押款账单："真不知咋恁快，前天一次押 1000 元，这不，又完了！"

我仔细审了一遍取药情况，说："每次拿药都是咱自己人去药房拿的，医院里不会有假的。"

忠哥说："我怀疑有假，但又不知这假出在哪个地方。那电脑俺看不懂，医护人员用药又不让俺进屋。你若认得这里的医生，帮俺查一查……"

谈话间，忠哥的儿子正好取药回来，他说："爸，让护士来挂针吧！"忠哥接过药说："今天是王医生值班，我去叫她！"

我随着忠哥来到值班室，忠哥对着一位正缠着毛线的女医生说："俺又该挂针啦！"

女医生边干边说："把药放在桌子上，我这就去！"

忠哥不走，女医生说："去去去，在病房里等着，我配好药就过去。"

忠哥望望我，我实在不认识这位医生。我和忠哥回到病房里等了半小时，王医生才过来给病人挂上针，还一脸不高兴的样子。

挂过针后，我回到单位，无意间给办公室的同事谈起了医院医护人员的素质问题。办公室的同事李兰说:"现在医护人员的医疗道德差得很,本来,病人的家庭因药费问题已折腾得倾家荡产了,但个别医护人员的心还是很黑。你不知道的时候,他们已经宰过你啦,病人家属有疑问也不敢问,怕得罪了医护人员给你治不好病。"

我对李兰说:"我家一位邻居因给孩子治病,亲戚朋友都借遍了。后来,人人都躲着他走——惨啊!"

李兰说:"在哪个医院?"我说在县××医院。她说:"走,我跟你一起去找一个熟人,让她关照一点儿。"

第二次来到医院,到了值班室,一位女医生站起来和李兰搭话,脸上挂着灿烂的笑容。

李兰说:"县领导的一位亲戚在这住院,你值班时照顾一下。"

女医生急忙问:"几号房?床位是多少?"

我知道李兰在故意撒谎,也未说破,就说了我那老乡孩子的病房号。

女医生翻了翻病历说:"你让他这两天不要到药房拿药了!"

李兰用眼神示意我不要说话。与女医生告别后,我说:"李兰,你向我使眼色是什么意思?"

李兰说:"这个医生我熟识,这两天由她为你的邻居挂针。"

我说:"那怎么能少花点医疗费呢?"

李兰说:"说出来你也别见怪,你心里知道就行了——给病人挂针的药,有好多都被医护人员做了手脚。"

我一时迷惑不解。

李兰告诉我:"值班医生在为病人配药的时候,每次配药时留几支针剂放在一边,到晚上再把这些药退到医药门市部换钱。"

我把这内幕告诉了忠哥,忠哥却嚷嚷着非要去找医院里的领导:"我已花去一万多元了,谁知道让这些昧良心的医生吞去了多少!"

我后悔不该把实情说出来,但已经晚了。忠哥本来就患有气喘病,一说气得直喘气,脸都憋紫了。我劝了半天,他才往床上一坐不吭声了。过了一会儿,他豁地站起来,气愤地甩出一句:"俺现在就回家,俺孩子就是死也不花这冤枉钱了!"

话　费

刘书记是从全国很有名气的大型企业调到俺单位的，任副书记。单位的同志也知道，刘书记调这儿来的原因是因为原来的厂子垮掉了，加上年龄也大了，领导安排他来这个单位镀镀金，等不到三天两晚上的就退休了。

刘书记为人谦虚，和蔼可亲，年轻人都爱和他亲近。一日，刘书记拿着一张纸条抖着对我说："小侯，你看我一个月能打1986元的电话吗？"

我一看，乖乖，1986元。我说："就是多了点，不过单位报销，又不是你个人掏腰包！"

刘书记说："报销个球，调咱这个单位，一个月只解决200元，多余的部分自己掏腰包哩！"我说："话费这么多，可能是家里的孩子点歌，打个长途什么的！"

刘书记说："点哪门了歌，打哪家长途？大孩子在北大上学，二孩子在省城上学哩，就我老两口呀！"

"那就是你家的电话被盗打啦！"

"咋会盗打？我家的电话是从我家屋山头电线杆子上的接线盒处直接扯到家里的。没有拐弯呀！"

"那就去电信部门查查，出个话费清单不就明了啦！"

"我家属去啦，收费人员给出了一张清单，这不！"

我说："这是收费报销单据，话费明细单呢？是你每打一次都有记录的那样的清单，从电脑里出来的，你这1986元能出好长一溜纸哩！"

"我家属去查啦，不给查！"

我说："你真是当领导当惯啦！啥事都让别人干，你不能亲自去吗？""对，我亲自去查查看。"

下午，我又见到刘书记，他一脸地兴奋："小侯，我到电信部门查了，这个月我只打了320元的话费。""吆，少这么多？""我找了收费的，收费的说，长话可以查，市话查不出，就这么多，你不打恁些电话哪儿来的那么多话费？"后来我找到了她们的局长，局长说你是哪个单位哩，我掏出工作证让局长看了后，局长拨了电话又给我倒了杯茶，一会儿电话来了，局长说是收费员原来看错了，是320元，下去把多交的部分退给你。

我问："你原来每月都是交多少话费？"

"谁知道，都是厂里会计去交的！"

村民张连仲

不久前我回到家乡,听说村里的张连仲病故了。张连仲和我家是邻居,在我印象里的张连仲,鼓鼓的眼泡,整天像没有睡醒似的,眼角上的眼屎从没有见他擦过,村里人说他八辈子都没有洗过脸。因为没有媳妇,穿的衣服能划着火柴,经常不是光着脚就是穿着一双"张着嘴"的鞋。但是,张连仲他活得却很快活,他到哪里,哪里就能听到他那沙哑的声音;他到哪里,哪里就会传出一片笑声。

村里人都说张连仲没有心。是呀,不识字,又没有媳妇,一个人吃饱全家不饿,有心往哪儿使呀?我记得有一次过年,张连仲看人家都贴了门对,就花几分钱买了一张红纸让村里的秀才给写门对。他贴好后看到一些人围在他家门口指指点点地笑,就问别人笑啥哩。有人就把门对的内容念给他听:一年一年又一年,年年结婚没有咱,再等一年。张连仲脸一红并没有把门对撕了,而是裂开他那大嘴笑了,说:"是哩,是哩,请老少爷们儿们帮帮忙,过罢年给找个'媒荐',咱就再等一年……"

偌大一个村子里死一个人也没有什么稀罕的,生老病死乃自然规律,大自然对所有人都是公平的,但张连仲就不一样了,因为张连仲还有很多故事在村里流传着。张连仲还爱喝酒,并且在村里也很有名气,在全村,他因喝酒曾获得"第一特喝"的称号,至今你若到我们村里打听,张连仲"第一特喝"的趣事仍被村里的人们当成故事讲着。

说起这个故事的缘由还要追溯到 70 年代。那时的农村,谁家来了客人,用于招待的最好的酒就数一元左右的莲花白、伏牛山牌子的酒了。由于农民的生活水平低,在当地,红薯干制成的劣质酒在农村饭场里很盛行。那个时候我们公社农场里有一个小酒厂,每逢节日,乡亲们常提半竹篮或者半塑料袋红薯干,骑上自行车到酒厂里换点红薯干酿的酒喝。张连仲有蒸馍的手艺,平时乡亲们谁家有个红白喜事都让他去帮忙,人家管吃又管喝,完了还落个三块两块的。但因他光棍一条,挣一点零花钱不够他自己混的,整天借酒浇愁,自然连红薯干酒也喝不尽兴。

一天,张连仲酒瘾来了,便到大街上的一家小卖部打了二两红薯干酒,菜也不要,脖子一扬,"吱"地一声倒进肚子里,用手擦了一下嘴说:"再来二两,记到一块儿。"店主就装作没有听见,说:"连仲啊,你啥时间把账算算,结了账以后你狠劲儿喝。"张连仲说:"老兄你放心,我后天又接了一个活儿,三十、二十的,还能少了你的钱?"

旁边有个认识他的小青年看他这样喝,便接上说:"连仲哥,好酒量!我付钱,再给你打四两能喝下去吗?"张连仲说:"哪儿来的这等好事,你打吧!"那青年付钱打了酒,他端起小碗一饮而尽。

这时,很多看稀罕的人围了上来,七口八舌夸连仲好酒量,都要掏钱给他打酒喝。张连仲可忘乎所以了,只要有人付钱,他便一碗接一碗地喝下去。后来,直喝得两眼发直,舌头发硬了,他一抹嘴巴,抛出一句:"我……我……不喝了。"这时的张连仲已灌进肚子里三斤八九两了。劣质酒后劲大,正当人们夸赞连仲海量时,他却眼珠一翻倒在了地上。

那些恶作剧的人可吓坏了,赶紧把他拉到乡卫生院里连挂了几瓶吊针,才把张连仲从阎王爷那儿拽了回来。后来一农家秀才就此事还编了一段顺口溜:

第一特喝张连仲,三斤八两不能动;

阎王爷那里去报到,死缠活磨都不要;

张连仲气得一跺脚,回去以后还得喝。

结束语:那时的农村大家喝的是红薯片子汤,吃的是红薯片子馍,像张连仲这样的单身汉不止一个,他们一生娶不上媳妇,但他们也不奢求什么,整天想的就是能把肚子填饱、不挨饿就行了。现在,有很多逝去的乡邻我都叫不出名字了,不知道为什么,提起张连仲我却能讲起他的很多故事来。

我也吓唬你一下子

法院生效的法律文书你执行不了，那就是一张白纸，负责执行的机构执行不了，那就是失职；个别人还把生效的判决书，拿到街上去卖，我认为这是对法律的亵渎。

我搞执行多年，努力维护着法律的公正和人民群众的合法权益不受侵害。我深有体会的是，最难执行的案件那就是离婚、宅基地、刑事附带民事的案件了。

这不，我和同事去执行一起离婚案件，法院判决：被告毛二蛋返还婚前财产……

为防备执行不出意外，我和干警小万与当地派出所联系，派出所安排了两名干警配合我们。到了被执行人的家看到大门紧锁，我敲门喊了一阵，没有人答应，就和派出所里的干警一起找，仍无结果。派出所里的干警费尽周折，联系到了当地村委会负责人。这时，有人喊，大门里面没有上锁，开了。我赶紧跑了回来，女方派来拉嫁妆的人正往外边抬东西，我忙拦住说，毛二蛋家里没有人，等找到人后好清点数目。约莫过了半个小时，来了一行人，派出所里的干警指着在前边走着的两个人说，新主任和老主任都来了，我们一一握手寒暄后，我说明了这次来的目的，老主任也不吭气，径直走到院子里，一脸地严肃状："我听说你们砸人家的门了？严肃执法？但是，也要文明执行呀？"

我忙解释说："没有人砸他家的门，门本身就没有上锁！"

旁边一位青年说:"谁砸的?让他出来!"

我再次解释:"门就没有锁,本身就开着哩!"

这时已经围了很多村民,我预感到这次执行不会很顺利。被执行人毛二蛋一直没有出面,但是,毛二蛋的父母亲回来了,其母亲说:"东西不能拉,法院判决不公,法官受贿了!"

我说:"法院判决不公你咋不上诉?"

其父说:"我们没有钱送礼!"

我说:"那你认为判决有问题现在还可以申诉的!"

他说:"我不申诉!"

我说:"让你行使你的权利你不行使,我们是执行局,要按照判决书执行!"

他说:"我看看你们谁敢拉俺家的东西?我为给儿子办婚事花了不少钱,不陪俺家钱不要提拉嫁妆的事!"

我问:"你给你儿子办婚事花了多少钱!"

他说:"花了两万多!"

对这样无理纠缠的刁民我真的是忍无可忍了,我说:"人家一个黄花大闺女,跟你儿子过了一年多,不值两万元?"

……

"……她还到处说俺儿子有病!"

我说:"现在这么多人,你看看是谁说你儿子有病了?还不是你自己说的?这样岂不是越说自己的孩子越难堪?"

我看这样纠缠下去案件是执行不了了,便向站在一旁的年轻的村主任说:"离了婚的东西放在家里,让新娶来的媳妇看见了心里也不是滋味,家里的人看见了也心烦,你说留它有什么用?"

没想到这位村干部说:"他家里说他没有收到判决书!"

我立即喊来了当地的法庭庭长,庭长问站在一旁的毛二蛋的父亲:"你是实在人,你说你收到判决书没有?"

"我收到了!"

年龄大的村主任插了一句说:"砸人家的门,抢人家的东西,哪有这样执法的？"

我心里暗暗骂道："啥玩意，让你来做思想工作你倒打起斜锤来了！"我看依靠村干部是不行了。看看天色已晚，就这样走也难堪，说："案件在执行中还是可以调解的，明天你们双方到法院执行局说说情况！"为了防备意外，我让原告先走，明天到法院。

第二天上班，被告方先来了，随同来的一位三十余岁的女同志，她进门就问："哪位是李庭长？"我说我是。她自我介绍说："我是咱区一高的，姓张，我丈夫是市纪检会的，本来是想一起来的，他科室里现在传了一位公安局的人在做询问笔录，我是为我表哥的事来的。我想问问法院凭什么可以随便砸人家的门到人家家里抢东西？"

我看来者不善，解释说："谁也没有砸你表哥家的门，也没有抢你表哥家里的东西，请你不要偏听偏信……"

我把判决书拿出来给她看。她看后说："表哥，判决书生效了，你咋早不跟我说呀！"

……她把判决书扔到桌子上说："这样判决是错误的，是枉法裁判。去年市纪检会就处理了你们法院的几个庭长，包括清真寺法庭的姓张的。"继而又对其表哥说："你在开庭之前跟我说能有这回事吗？……我今天上午还有课我得先回去！"

我说："你慢走，请问你丈夫在市纪检会里姓啥？"

她高傲地说："姓杨，叫杨长道！"

我心想，不就是刚刚从乡下借调到市纪检会的吗？吓唬我可以，我也吓唬吓唬你。待她走后，我拨通了市纪检会的电话，和杨长道说了该案件的案情后，我附带了一句："听你媳妇说你传的有公安局的人在做询问笔录来不了，让她来法院过问案件的？"

杨长道说："李庭长，我知道我老表有一个离婚案件，但是我没有叫我家属去区法院呀！"

我把其家属所说的话学了一遍后道："市纪检会领导曾打电话询问过该案件的执行情况，你说我应该咋汇报？"

杨长道忙截住话题说："李庭长，你消消气，我这就回家去教训教训她，太不懂事理了！"

第二天，我八点上班，老远就看到被告在区法院门口站着，旁边停着五辆三轮，三轮上装满了家具和电器。被告看到我迎了过来，边让烟边说："李庭长，嫁妆我拉来了，你安排人点点数……"

我感到了"权利"的伟大！

小 名

取个赖名，好养活。算卦先生给我合了八字之后父母就叫我狗蛋了。我上学后就自作主张改名李培君，培君者，培养君子之气也。我觉得这个名字很大气，叫起来亲切，听起来响亮。

"狗蛋！狗蛋！"小的时候有人这样叫我，我听了嘴一咧，心里感到特亲切。大一点儿的时候，就有一点儿不大认同了，顾及脸面了，后来在老家，除了爹妈叫，其他人就只能叫我的学名。这也算是我的一个不成文的规定，否则我是不依的，轻则我听而不见，重则我会义无反顾地反击，甚至大打出手，只有关系特别好的小伙伴才可以以嬉戏的方式这样称呼我。

"狗蛋，狗蛋！"

这天早晨我刚走到单位门口，就听到有人喊我的乳名。我转脸望去，见是我昔日的同学狗剩笑吟吟地走来，他是我儿时最要好的玩伴。眼睛的余光使我知道周围的同事都在用怪异的眼光看着我。我的脸上有一点儿发热，急忙走到同学跟前小声问，有事？他说："是呀，来了好几趟了，没有见着你，你官当大了，好忙呀，见你一次真不容易。"我唯恐他再说出什么不好听的话来惹同事们笑话。拉着他的手说："走，到我办公室里说吧。"

进了办公室，我把门关上，说："狗剩，你到这里来是跟谁打官司哩？"

狗剩说："狗蛋，我的官司前天开过庭了，你给问问赵庭长，啥时候才会有结果？"

我说:"狗剩,前天开的,也不能恁快呀。"

狗剩说:"狗蛋,你们都是同事,好说话,给我问问呗。"

狗蛋狗蛋地叫,我听了很不自然,甚至心里有一种抵触情绪,可又不好翻脸。小时候我们两个嬉戏惯了的,他叫我狗蛋,我叫他狗剩,彼此心里有一种平衡的感觉。可现在毕竟大了,都有儿女了,我觉得再这样叫很不雅观,只好建议说,咱们是老同学哩,你就叫我的大名吧。

狗剩愣了一下,说:"狗蛋,你的大名……"

连我的大名都不知道,我心里很不痛快,沉着脸说:"李培君。"

狗剩不好意思地说:"培、培君,你现在就打电话中不中?"

我打通了赵庭长的电话问明了一些情况后,给狗剩解释了一番,要他不要急,案件判决得有个过程。

"中。"狗剩站起身走到门口又打了一声招呼,"狗蛋,这事就拜托你了,我走了。"

我说:"好,你走吧。"

狗剩摆摆手独自下楼去了,我竟然没有往外送。望着他略显苍老的背影,我在心里默默地念叨着,狗剩,狗剩……他的大名叫什么呢?

想了半天,我也竟然一脸地没趣。

无　赖

听证会上。

主持人："周八,判决书判决被告还你欠款5万元,法院已经给你执行5万元。后来,你又要求赔偿你误工费、精神损失费20万元,现在又改成10万元,说说你的理由。"

周八："我没有要10万元,是执行局的李庭长许给我10万元。"

李庭长一惊："我许给你10万元了?"

"是呀!"

"我啥时候许给你10万元了?"

周八从皮兜里掏出一个小录音机,大家听听:"……10万元……"

录音机里传出来的确确实实是李庭长的声音。周八把录音机的按钮按住了。李庭长说放呀,继续放!

"没有了。"

"就这一句话?"

"嗯,就这一句话,是你许给我的10万元。"

"你,你,你混蛋!"李庭长差一点儿气得昏过去。又稳了稳情绪,说:"周八,我有这个权力许给你10万元吗?"

"我不管,反正是你许给我的!"大家都看着李庭长。李庭长无语,心里想这家伙真狡猾,领导让我做他的思想工作,我打手机说你不要说要20万元,10万谁给你呀?……这家伙把我说的话前前后后都掐头去尾了,留下一句10万元。他脑子真的懵了。

周八这个无赖就咬住一句话：李庭长许给他的10万元。

听证会草草结束。

过了两天，周八所在镇里的书记打来电话，说："经镇领导研究，同意给周八10万元，周八也同意结案，停访息诉。"

我说："哎，咋决定恁快？他要10万你就给他10万？"

"嗨！没有办法。拿钱买稳定吧！"

后来我通过朋友的关系才知道，周八跟镇里的张书记通过电话："张书记，你再不给我解决，我可真上访告你啦！"

"你本来就没有理还告啥？"

"我非把你告倒不可！"

"你这是非法上访，是打击的对象，你就是告到市纪委，告到市纪委书记杨震清那里你也告不赢。"周八嗨嗨笑了两声挂了。第二天他来到张书记办公室里，从皮兜里掏出小录音机放到张书记的桌子上说："咱今儿个先不说钱不钱的事，我告的是你让我告倒杨震清，我明天就去市里告你去。"张书记一听懵了，说："你真是地地道道的刁民，我啥时候让你告倒杨震清书记了？"

"你昨天在手机里就是这样说的你还不承认？"

周八把录音机的按钮一按："……你告倒杨震清！"

"张书记，这是啥？这就是证据，是你让我告倒杨震清书记的！"

张书记一伸手抓起桌子上的录音机"啪"的一声摔在了地上："周八，你，你真是无赖，地地道道的无赖！"周八蹲到地上边拾被摔碎的录音机边说："你摔呀，我还有录好的在家里放着哩。明天我就去市里！"周八把门一甩走了。

张书记坐在椅子上半天没有说出话来，心想：干一辈子了，没想到被这个"乌龟王八蛋"给耍了。市里抓纪检的杨震清书记外号杨青天，来到颍河市半年就已经查处了两个处级、十多个正副科级干部。这要是传到他那里，我又怎么能解释得清，以后我这个小小的镇党委书记的名字可就在他的脑子里挂上号了。他抬头对站在一旁的秘书说："通知开个班子会！"

瘸　德

德，是我儿时的邻村玩伴，因小时候患了小儿麻痹症，落下了一点儿残疾——走起路来有点儿一颠一颠的，又因营养不良，个子像没有长成似的，矮且小。于是，人们又喊他瘸德。瘸德从小就没有了父亲，是寡妇熬儿才把他慢慢拉扯大并且上完了高中，终因学习不好辍学在家，拾掇家里的二亩地。正当母亲为他张罗着娶房媳妇成个家时，母亲却又突得心脏病弃他而去。

这个苦命的孩子呀，面对母亲的遗体束手无策了。在村里，他可是一位出了名的大孝子。可是，腰里没有分文，你想孝顺又怎么孝？他在求拜了左邻右舍之后，把院子里还没有成才的几棵桐树锯了下来，请来了村里的木匠，用桐木锯成指把厚的板子凑合着做成了一副棺材。傍晚，他跪在母亲的遗像前默默地祷告：娘，请你老人家不要责怪儿子，儿子真的没有办法呀！请你老人家在阴间里饶恕儿子吧，等儿子打工挣了钱回来再给你老人家树碑……

第二天天刚亮的时候，人们就发现村南不远处冒出一个新坟来。大约过了一个时辰，有两辆民政局的小车开到坟前，从车上下来七八个青年人，他们手里拿着铁锨、掂着油桶直奔那里的新坟而去。之后，他们便不问青红皂白，七手八脚把新坟里的棺木挖了出来。据知情人说，他们把棺材掀开并把尸体拉出来后，一桶汽油浇了进去，点燃后扬长而去。那火整整燃了一个上午。后来，还是几位老者看不下去了，找瘸德找不着，就拿着铁锨把坟头草草地又立了起来。

瘸德所在的村子名叫乱寺庙，但是，村里的村民的规矩却不乱。他们自己有一个不成文的规矩，而且相互配合的很默契，那就是谁家老了人，家人不吱声，邻居不声张，大伙帮忙偷偷地葬了。如果发现有人举报到县民政部门，知道是谁后，等到他家里有什么事情，村里人都不去帮忙。这件事出来后，村里的村民义愤填膺，非要查出村里的内鬼不行，挖坟灭族虽然不得民心，但村民们知道，拿那些执法人员也没有什么好法子。可是，村里的内鬼不除，那可是后患无穷。可大伙查来查去，也没查出个结果。

没过多久，县里便召开了一个有关平坟复耕会议。会后，村里派去参加会议的代表捎回来一个消息：说内鬼就在本村，瘸德母亲的坟就是本村里的内鬼举报的，据民政部门负责殡葬改革的领导说，是一个又瘦又小，走起路来有一点儿颠的年轻人亲自来举报的，而且在民政局已经领走了5000元的奖金。

村里人依此线索查来查去，还是没有查出来这个可恶的内鬼是谁。后来日子一久，大伙偶尔在一起议论：又瘦又小，走起路来有一点颠……这时，有人一拍大腿说："莫不会是瘸德干的吧！"

迟到的春天

从走进木仔庭长办公室的那一刻起，我就感觉气氛不对劲儿。平日里总是春风满面的他，今天竟没有一点儿笑意。也许是长期用脑的缘故，他提前谢顶的大脑门上，稀稀疏疏、屈指可数地竖着几根毛发，貌似还显示着当初的威严。这位处事八面玲珑，人称笑面虎的庭长今天到底怎么了？办公室里的空气变得凝固起来，我的内心也开始忐忑。待了老半天，木仔庭长才慢慢扬起头，瞭了眼四周，之后才一字一顿、正颜厉色地对我说："……你不要再替她申诉了，柳莹莹母女相当于高中文化水平，她们自有鉴别能力……"

此刻，我心里猛地一沉。因为与庭长熟悉又是老乡，我怯生生地麻着胆子问了一句："看样子，这官司是打不赢了？"

他没有正面回答我，半天只撂了一句："你走吧，不要瞎跑了！"然而，我清楚地记得与他第一次见面谈到这宗案子时，他可不是这样的神色，这样的语气。我感觉有些呼吸艰难。难道真应了旮旯乡信用社主任的那一句话："要打官司么，我会奉陪到底，反正我花得都是公家的钱！"之前，在我的印象里，木仔庭长在大家心目中的口碑一向很好呀，难道如今会为这区区 5000 元的存款纠纷案而改变初心？

我真的不愿意相信自己的耳朵和眼睛。可残酷的现实，又让我的思绪回了到 13 年前。

1990 年 6 月 26 日，柳毅县旮旯乡下岗职工李萌萌提前为独生女儿柳莹莹的婚事积攒下 5000 元钱，存入了柳毅县旮旯乡农村信用社，期限 8 年。

时光如梭，8年存款到期，已经成年的柳莹莹去信用社取款，可现已成被告的原柳毅县旮晃乡农村信用社却拒不支付这笔存款，理由是要当事人柳莹莹找当时的经办人〔经办人是被告单位原合同制工人，1992年2月16日因挪用公款被柳毅县人民检察院刑事拘留、批捕。出狱后外出一直下落不明。1992年7月26日（1992）颍农银监字第26号文件做出了对其开除公职处分的决定〕。并坚持说经办人的行为是属于个人行为，原储蓄存单上的公章也是经办人私自盗用早已作废的公章，信用社对此一概不承担任何法律责任。之后柳莹莹便开始走上了一条漫长的起诉、判决、上诉、判决、申诉，重审，再判决之路，这一走，就是整整13年啊！

这13年的艰辛上诉路，对于一个中规中矩的中国农村标本式公民柳莹莹来说，真的是艰难无奈，在这么多年的打官司过程中，她深切体会到了老百姓维权的不易和难以言说。她在感慨，这朗朗乾坤，青天白日，咋就盼不到春暖花开呢？

那天的确没风，没火，没日头。柳莹莹拿着柳毅县人民法院的判决书，清泪长流。她边走边傻傻地自言自语："我从1998年9月26日开始打官司，我先不说我为了打官司已经花去了多少钱，可我所花去的精力和宝贵的时间，那是用金钱无法来衡量的。这起5000元的官司一打就是13年，今天终于又有了一点儿眉目，但是，对方又要上诉颍河市中院，这何时才是个终审，何时是个头呀？"

此时，柳莹莹倍感无助。家里再也没了13年前的温馨，当初为什么要打这场持久的官司，如今想来真的有种莫名的后怕！

那晚的夜色并没能抚平柳莹莹错乱的思绪，注定像天边那几颗残星，彻夜无眠。柳莹莹勉强打起早已疲惫的精神，决定向市领导写一封信。她在信中写道："我的这场官司打了13年，如今还是没有任何结果，谁能为我们老百姓主持公道呢？"她还附上了翔实的反映材料。

很快这封信及反映材料得到了颍河市委茅书记、吕书记、历主任的高度重视。然而这场马拉松式的民告官官司自从1998年9月打起，颍河市中院先后三次发回重审，柳毅县人民法院三次维持原判。直到2005年原被告柳毅县旮晃乡农村信用合作联社，再次不服判决提起上诉。几乎精神崩溃的柳莹莹，无奈之下再次催促中院才开庭。但不知为什么，开庭后整整一年都不下发判决书，柳莹莹一连申诉四年均无结果。直到后来终于等到了宣判结果，但还是要求发回重审的裁定书。

2011年12月14日，柳毅县人民法院再次判决柳毅县农村信用合作联社，依法支付原告柳莹莹存款本息合计13277.6元后，被告柳毅县农村信用合作联社再次无厘头地提起上诉，柳莹莹这才不得不拿起笔，向上级领导反映她这13年的漫漫官司路。面对市委领导的批示，颍河市中院终审判决，被告柳毅县旮旯乡农村信用合作联社，依法支付原告柳莹莹在该信用社存款本息金合13277.6元。在这场旷日持久的马拉松式官司终于得到解决。柳莹莹在给市委领导的感谢信中写道：

"……为了这5000元的存款纠纷官司，整整折腾了我13年（存款8年，合计21年），打了13年的官司。我从一个小学生打到了我当小学教师，打到了我结婚生子，打到了一审法官去世，二审法官调走，三审法官退休。（我不知道这个案件能不能申报世界吉尼斯纪录）现在，确实打得我筋疲力尽了。我不能再打了，今生今世我也不敢再打官司了。我真正体味到了屈死别告状的滋味。跟个别昧着良心的法官摽不起！在某种暗示下，我放弃了我一直坚持着的13年的诉讼请求，选择了妥协。13年的诉讼折腾，在领导的督办下（假如不是领导的督办我不知道我还要打到驴年马月）半月内开庭审结。被告柳毅县农村信用合作联社赔偿了我的存款（我放弃了要求这13年来的路费、食宿费、三任律师代理费及精神损失的赔偿，我知道如果坚持，我的精神伤害更大）。在这里我首先要感谢的是颍河市委茅书记、纪委吕书记、人大历主任，感谢柳毅县人民法院，感谢所有关心我这个案件的领导和同志，是这些领导为我主持了公道，让我感受到了春天般的温暖。

……英国思想家培根说过，一次不公正的审判，其恶十倍于犯罪，因为犯罪只是污染了水流，而不公正的审判则是污染了水源。在这里，我也呼吁个别法官以后即便不按照法律也要凭良心办案，不要出卖自己的良心和人格。最后我送给关心我这个案件的诸位领导发自内心的一句话：清官无私，好官无畏！

柳毅县——教师：柳莹莹"

据说，当柳莹莹这一封感谢信刚发出去的当天，颍河市竟有位大法官突然失踪了……

那天，我也感到有一种莫名的释然！我抬头望着天，好蓝啊！

第二辑 故事里的事

良　心

天刚蒙蒙亮，麻雀在树上有气无力地半天才叫一声。我和执行局长一行五人在被执行人的家门口已经守候了一个多小时了。这时，门"吱"地一声开了，闪出一个女人的身影。

"你们辛苦啦，天不亮就在俺家门口守着！"

局长："你要是知道俺们辛苦，还不把人家的账还上？"

"哟，看你说哩，有头发谁装秃子？他已经外出一年多了，等打工挣到钱一定先把这笔钱还上！"

局长："不就是两万块钱吗？我们已经来了多少趟了，你是知道的。今天你找亲戚、邻居借借，把案件结了！"

"一分钱难倒英雄汉，男人外出打工，我一个女人谁借给我钱啊？"

局长："你不借，我可说难听的了。"

"你说啊，我听着哩！"

局长："申请人提供信息说你丈夫昨天回来了，现在在家！"

"看你说哩，我还敢欺骗你们这些大法官？我要是欺骗你们，你们还不枪毙我啊！"

局长向我使了个眼色，我和小李及另外两位同志趁机闪进了屋里。女人大声叫起来："快来看，快来看啊！天不亮就来抢东西啦！这还有王法没有！法院的法官欺负我一个弱女子啦！"这女人边喊边往里间挤，想把里间的门给锁上。我拉住女人，让小李去了里间。小李到了里间说："愣子，天亮了，该起来了！"

这时，愣子穿着一身白色带暗蓝花的睡衣，穿着拖鞋从里间出来，满脸怒气："几个人欺负一个弱女子算什么本事？不就是欠几个钱，值得这样兴师动众么！"

愣子进厕所，洗漱、穿衣，我们耐心地等到愣子忙完。

局长："咱先到法院里说说？"

愣子："我明白，不就是15天吗？"说完转身对跟在身后的嘴里一直不干不净的女人说："你给老四打个电话，让他在拘留所门口等着我！"说完大摇大摆地上了车。

天亮了，还没有到上班时间，法院里静悄悄的。我们把愣子带到法院执行局。到了局长的屋里，愣子一屁股坐在沙发上，掏出烟点上火，吐起了烟圈，一脸不在乎的样子。局长示意我记笔录。

局长："说说你的基本情况。"

愣子："判决书上都写着哩！"

局长："判决书判决你偿还原告债务两万元，你今天怎么履行？"

愣子："没钱！"

局长："你可知道拒不履行法院判决的后果？"

愣子："咋？这几个钱不够判我死刑的吧！"

局长："那好，就你这态度，就可以司法拘留你15天！"局长语气严厉起来："你不要以为你鞋大不挤脚！"局长停顿了一下，看看愣子没有吱声，说："没有钱，你可有一句像样的话？都像你这样法院的工作咋开展？你还是一个男子汉哩，你在你那一片咋混人了？你在社会上咋混人了？"

局长的一席话，使愣子感到理亏，良心的发现使他不得不低下了头。随后，局长向原告刘阳打电话，让他在八点到法院执行局。

刘阳和愣子是一个村的，住的还挺近，低头不见抬头见的。刘阳本来也不想起诉，因为每次去愣子家要账，愣子都不给好话，他一气之下就把愣子告上了法庭。官司是胜诉了，可是两家却成了仇人。刘阳来到法院后，看到往日不可一世的愣子像霜打的茄子一般。

听说局长要拘留愣子，猛然间，刘阳又起了同情心，他想了一会儿，对局长说:"算啦算啦,我知道愣子这一段时间手头上确实紧,再说嫂子一个人在家也不容易,给他缓缓吧!"愣子抬起头,一脸吃惊的样子,沉默了一会儿说:"刘阳哥,我知道对不起你,都是为了面子,气头上谁也不让谁,说话难听才到了这个地步的,你仁我不能不义,我这就让家里人把钱送过来!"

那一瞥

当他和姐姐分别被押进审判庭，法官威严的脸使他颤抖了一下。法官宣布法庭纪律后，宣布开庭：

"被告刘三！"

"到！"

"文化程度？"

"小学！"

"说一下你的家庭情况！"

"母亲和我！"

"因为什么问题被逮捕的？"

"故意伤害！"

……

去年秋日的一天下午，他正在天津一家工地打工，突然接到姐姐的电话，说姐夫经常打骂她，已经过不成日子了，要他回来教训教训他，并汇去了来回的路费。到家后，姐姐把家里的钥匙交给他，又给了他1000元钱说，教训过他后还回天津打工去，神不知鬼不觉谁也不知道。为了疼他爱他的姐姐，那天，他趁姐夫午休在家，把姐夫叫醒理论了几句后，不由分说举起早已准备好的棍子将姐夫打晕后逃之夭夭。

他在逃走后的第三天被缉拿归案，回来后才知道，姐夫因没有及时救治已经死亡。

法官又问了些什么他记不清了。像事先背熟了一样，他机械性地回答着。他知道，这次开庭决定着他的命运。一失足成千古恨呀！假如不是自己一念之差，能会酿成这场悲剧？

当法官宣布休庭择日宣判，他被两个法警架着走向囚车的那一刻，他在人群里看到了妈妈的背影。但是，妈妈始终没有朝他这里看一眼，哪怕就那么一瞥他就满足了，但是没有。

他自小就没了父亲，一家三口就姐姐疼他，妈妈溺爱他。小时候，大概自己五岁时，不小心跌倒了，鼻梁上擦破了一层皮、沁出一点血，妈妈把他扶起来，乖呀、乖呀地叫着。他看到妈妈心疼得流出了泪水。他上小学时，因和同学打架受伤住院，是姐姐把饭做好送到医院。妈妈和姐姐三天三夜守护在他身边，从妈妈布满血丝的眼睛里他感到妈妈和姐姐是那样疼爱他。

可是现在妈妈已经没有能力保护他了。他犯了罪，不可饶恕的罪。他扭头瞅着妈妈站的地方，但是，妈妈一直不转身看他。他感到年迈的瘦骨嶙峋的母亲已经弱不禁风了。在他被押走之前，他多么希望妈妈能看他一眼，哪怕是一瞥。可妈妈没有。他看到的是，就在押解姐姐的法警出来时，妈妈张开双臂，嘴里不知喊着什么奔向了姐姐。妈妈喊的是什么呢？他是应该能听清楚的，但是他的脑子里一片空白。在人们的簇拥和指点下，他被押进了囚车。就在法警带上车门的一瞬间，他看到了妈妈朝他这里瞥了一眼，也就是和妈妈对视的一瞬间，他看到了妈妈那一双温暖继而又怨恨的眼神。

他知道是他一时冲动，毁了两个家庭——把自己毁了，把姐姐的家也毁了！妈妈同时失去了两个孩子，对他还有什么温情可言？怎么能不怨恨于他？在监狱半年多的时间里，妈妈没有来看过他，亲戚也没有来看过他，更不用说朋友了。他不知道，以后漫长的牢狱生活怎么才能熬过。

现在，警笛声中，他又被送进高墙内。外边的空气多么新鲜啊，他现在才真正感受到失去自由的绝望。

他真的希望再次看到妈妈的那一瞥！

追 查

省报以"民声笑非"的名字在三版头条发表了一篇题为"×县乱摊派乱集资,农民不堪重负"的稿件,文内涉及各行各业。文后又附了百余字的记者调查。这篇文章一下子震动了整个×县。县委、县政府两个大院议论纷纷:

"谁的胆子恁大,敢向党报反映咱县的问题?"

"这下子咱县名声在外啦!"

"县长在市里开会还不知道,知道了是不会善罢甘休的。"

"肯定知道了!等着瞧吧,非要处理人不可!"

"不会的,你看内容有'我县'怎么怎么,这篇文章不是咱本县的人写的还能是谁写的!"

"查查是谁写的!"

第二天,乡下的群众也激奋起来:"快看,党报终于替咱说话啦!批评咱县乱集资,乱摊派!"

"早就该批评,这几年他们以给咱们办实事的名誉,年年集资、年年摊派,名目多达几十项,屁钱的事也没办?都贪啦,看看咱们的父母官,在城里哪一位没有三两处豪宅,靠他们的工资?哼,那都是咱们的血汗钱哩!"

"唉,张乡长,你们咋还在乱集资?你来看看,这党报批评咱县哩!"

"再乱收,我们也要向上边反映!"

……

原来,这篇不足千字小稿是县委新闻干事小刘写的。这篇稿件的效应使他既惊喜又害怕。有位领导善意地批评说:"小刘啊,写这样的稿子怎么不事先和我打个招呼?"

"小刘啊,来,到我屋里想想对策。县长已派人追查这稿子去了。嘿,小刘呀小刘,我真替你担心……"

"被子捆好了没有?啥时间回家?"有的同事不热不冷地问小刘。但几位铁心文友的话使小刘感动不已:"怕啥,他敢打击报复,咱们联合向上边反映,就凭这一小篇批评稿件,谁敢公开处理人?"

可是说归说,主抓宣传的部长还是找到小刘谈话:"县长已追查到我身上,说我管宣传,怎么会出现这样的稿件,查一下宣传系统是谁写的。我向县长说不是咱县的人写的。县长说:'那内容咋会出现我县××单位?'我解释说,那是记者为了便于发稿,才以读者来信的名义发的。县长不信,非要查个水落石出不可,娄子捅大了不是,嘿!"

纸是终究包不住火的。县办主任到宣传部找主抓新闻的副部长,副部长又把小刘叫去了。主任拿着一份十余页的反映材料说:"县邮局来追问,你在报上所反映的报纸几天送一次,新闻变旧闻的问题,他们想问一下到底是哪个乡邮电所干的?哪个投递员干的?你要说个清楚,邮局要处理人。另外一条是有几十项提留超过国家规定,你有什么依据?根据什么算出来的?县长要你写个书面材料,今天晚上在党委会议室向县长汇报。"主任的样子已十分严肃。事情到了这份儿上,小刘不能不为自己辩解,说:"这些数字和事例全是县委内参上反映的,所有事例数字都源于县委内参。"

"县委内参是县四大班子领导内部传阅的,是你一个新闻干事可以随便看的吗?可以不经领导批准随便向省报写成文章反映吗?你怎么借来的?是谁的胆子恁大胆把内参借给你看?"主任忽一下子从沙发上站起来,气冲冲地批评起小刘来。

小刘只好摊牌说:"这内参是新来的县委书记安排我去机要科借阅的,发稿也是书记让发的!"

"谁?你再说一遍。"主任瞪着双眼,很震惊的样子。

于是,小刘就又说了一遍。

主任望着小刘愣怔半天,继而装出很平静的样子说:"好了,到此结束,到此结束!"说罢,走了。

发不出去的判决书

江城区法院经济审判庭庭长石铁成和书记员小于骑车来到区委组织部送达一份经济判决书。一办公室人员接过判决书领他俩来到一个挂有部长牌子的屋里。石庭长在电视里认识，屋里坐着的就是组织部的程部长。

"程部长，这是区法院经济审判庭石铁成庭长，来送一份判决书！"

程部长抬眼看了一下石铁成，接过判决书：

江城区人民法院

经济判决书

（2000）江经初字第250号

原告：江城区水利宾馆

法定代表人：吴义中，系江城区水利宾馆经理

被告：江城区委组织部

法定代表人：程玉然，系江城区委组织部部长

"把我推上被告席啦！"程部长自言自语，脸上已显不悦。

……

本院认为：被告江城区委组织部共欠江城区水利宾馆饭菜款150800元（均有发票在卷），经多次催要不还，应负本案的全部责任。根据《中华人民共和国民事诉讼法》第一百三十条，《中华人民共和国民法通则》第一百零八条之规定，判决如下：

被告江城区委组织部欠原告江城区水利宾馆饭款150800元，于判决生

效后五日内付清，逾期加倍支付迟延履行期间的债务利息。

案件受理费4514元，由被告负担。

如不服本判决，可在接到判决书之日起十五日内向本院递交上诉状……

江城区人民法院

二〇〇〇年元月二十九日

程部长眉头锁成一个疙瘩，恼怒地一拍桌子："老石，你这判决和谁打招呼啦？"

石铁成："程部长，开庭传你们，你们不去，这是给院领导汇报后，经审委会讨论后定的！"

"审委会谁当家？待会儿我给你们院长打电话！"程部长说着拿起电话："喂，老胡，你过来和法院的两个人一起到水利局，找一下连世清，看看他想不想干了，今年提他当局长就办组织部的难看。"

胡部长到后，程部长与其耳语一阵。

在胡部长转身要走的时候，程部长一拍石庭长的肩膀："小伙子，今年多大啦？"

答："今年36岁！"

"现在是科员还是……"

待石铁成答是副科时，程部长说："今年这批才任命的吧！好好干，副科到正科不就一级之差吗！"

胡部长坐车先走了。区委离水利局不远，在熙熙攘攘的街道上骑车并不比坐车慢，车到他俩也到了。

石庭长知道这老胡是常务副部长，帐单数他签的名最多。

他们到水利局径直来到局长室。局长连世清正在和几个人喷着烟圈圈，见胡部长进屋忙站起，握手让座，嘴里说着领导来怎么不先打个招呼，递过烟后赶紧掂起茶瓶为胡部长倒水。

胡部长接过连世清局长递过来的江城牌香烟，绷着脸沉默了三分钟又猛地吸一口，长长地吐了一口烟，眼睛直直地盯着连局长："世清啊，咱组织部待你可不薄，考核时是我一手给你整的材料，当时反对票可不少，程部长在提你的问题上没少操心，不是组织部这几个人你能到这里干一把手？

开玩笑，弄不好你现在还在下边穷跑腿哩！"

"是，是，多亏你和程部长的关怀和照顾！"

连局长脸上虽然木木的，但还是强挤出一点儿很自然的笑容。他又抽出一根烟递给胡部长，又掂起茶瓶续了点开水，双手捧着茶杯搁在胡部长面前。

胡部长又吐了一口烟，把判决书递给连局长："你看，这是咋搞的吗？原来我不是给你打过电话了吗？水利宾馆属你局本单位的，就这几个钱就解决不了啦？"

连局长认真地接过判决书，面露难色："胡局长，这个宾馆原来是局里办的，因管理不善从去年就承包给个人啦，当时我还在乡下！"

"再承包，它还是你局里的宾馆嘛！属你管着哩！一个局长连这点儿小事都统筹不了，还当什么局长！"显然，胡部长对连局长这样回答很不满："来时程部长安排，交给你看着解决，有啥问题随时与他联系。"

连局长望着门外，又要说什么，胡部长已站起来，对石庭长说："以后不要再到组织部要账，就找连局长，我先走啦！"

石庭长和书记员小于干愣在那里望着连局长，连局长摆弄着判决书对石庭长和小于说："昨天人事局拿着一沓子票要我冲账，今天才上班就弄个这，嘿，在这个位置上真难干。"他顿了一下说："这样吧，判决书你俩先拿回去，晚上我们召开党组会研究一下。"

……

派　车

　　县委举办的经贸洽谈会已近尾声，各新闻单位的朋友陆续走了，省城来的四位客人准备明天走。宣传部魏部长找办公室夏副主任联系车的一张条子被塞到了我的手里。

　　晚饭过后，我在县委院里前后跑了六趟没寻到要找的人，好不容易打听到夏副主任家里的电话号码，心里才算是长长出了一口气。

　　"喂！夏主任吗？我是小李，给你汇报工作哩！"

　　"啥事，你说吧！"

　　"是这样，省城还有四位记者准备明天走……"

　　"今晚上后勤人员全部撤离了。"

　　"这样，夏主任，魏部长给您写的有封信，我念给你听：'夏主任，报社有四位记者准备明天走，请你安排一下车辆……'"没等我往下念，只听对方"啪"地一声挂上了电话。

　　尴尬之际，我忽然看见办公室周主任走过来，忙迎了上去："周主任，魏部长的信！"我双手捧上。周主任接过信瞥了一眼，说："现在没车，你找车，我们加油。"周主任一句话便打发了我。

　　晚上到哪个单位找车？几天的迎来送往，早已囊中羞涩，外单位的车不但不好派，就是费尽口舌派来了，司机也不是好侍候的主。走投无路，我硬着头皮拨通了魏部长的电话。把前后经过叙述了一遍，部长沉默了一会儿说："冼县长前天开会时就对这次洽谈会的接待问题做了布置。要求办公室不但要做好接待，还要满足新闻单位采访及来往接送的用车问题。这会下午才散，他们就撒手不管啦？你找冼县长汇报汇报！"

找县长？我心有余悸。当我怀着忐忑不安的心情推开县长的门，一脚门里一脚门外时，忽然看见周主任在屋里，我如果此时进去汇报派车的前后经过，那不是明着告办公室的状吗？我想转身，但县长已喊住了我："有事吗？小李！"我麻着头皮走了进去，又麻着头皮把为记者派车的前后经过全盘说了出来。周主任愠怒地接上苍儿："我刚才不是跟你说过了吗？"

我想说，就是因为不好找车，我才这样像丢了魂儿似的在县委院里穷奔波，但话到嘴边，却变成一句软绵绵的话："车实在难找……"宣传部的人找车难，一是经费少没有批油权，二是提拔干部没批人权。谁买你的账？县长说："那我这个县长给你派车？找你们部长安排！"部长能安排车我还找你县长吗——我想。但顶撞县长是不会有好果子吃的，趁着县长这句硬邦邦的话，我忙抽身走人。

出得门来，月明星稀。"绕树三匝"之后，我仍未想清楚，这车究竟怎么派？

酒乡　酒人　酒事

本人爱喝酒且好客,加上在酒场上爱谝能,常在酒场主客未定时,便率先伸出胳膊,扬言横扫一圈。于是,便招来众多小兄弟拼杀一场。直杀得天昏地暗,菜没品、饭没吃,辣水子早已灌满了肚子。最后,终因寡不敌众,早早败下阵来。

我的家乡河南鹿邑县是酒的故乡。家乡名饮宋河粮液早已摘取国家金牌,成了中国名酒。我虽然酒量不中,但参加的酒场多了,一些酒场上的趣闻轶事却搜集了不少。趁着浓浓的酒香,绵绵的醉意,待我跟你们说点我们酒乡与酒相关的一些人和事如何?

酒乡轶事之一

南京到北京,你见过喝良心酒的吗?可能有些读者连听都没有听说过。在俺家乡就有这样两位,以喝良心酒出名,并被冠以十大喝前一二。所谓良心,《辞海》解释为仁义之心。他们就是凭良心来枚喝酒。在来枚喊数时,双方嘴里不出声,心里喊数,看到对方与自己的指头对上心里想的数了,便用手一指,示意对方喝酒,对方便毫不迟疑地端起酒杯一饮而尽。如果双方想的是一样的数,双方一碰各喝一杯。喝这样的良心酒,一般人是难以做到的。我说的这喝良心酒,来良心枚的人,一个是第一大喝闫齐太,另一位是第二大喝刘汉三。此二人,一个生性耿直,且为人处世在方圆几十里都颇有名气,闫齐太干着饭店,酒菜俱全;刘汉三干着修修打打,手头宽裕；二人酒量均在二斤以上，也因酒缘喝成了酒友，于是便发明了"良心酒"这个词。值得一提的是，来良心枚、喝良心酒只限他们二人，他们是不跟任何外人来的。

常事不出门，罕事响千里。在他们二人影响下，一日，有一在县城工作的小李喝多了，打电话恰巧碰到了挚友，便在电话里好叙一场思念之情。而后，便说："为了表达这段时间的思念之情，咱在电话里猜枚喝酒"。二人通过电话来起了枚，双方通过电话大喝了起来。再后来，小李喝得不省人事，而他的挚友第二天上班照常。再后来，小李谈起那日喝良心酒之事，挚友嘴笑着说："这本来想打开瓶子喝点宋河粮液，哪想到你在电话里催得紧，加上我爱人在旁边监督着，我喝的都是白开水！"小李两眼一瞪大怒道："喝良心酒，良心也，即诚实。"挚友嘴一咧，用手拉开嘴唇让小李看："看看因喝的水太热烫的泡子。你没听见我怕热直吸溜嘴吗？"二人同时大笑起来。这段故事是小插曲。去年过春节，闫、刘两位大喝都贴着与酒有关的春联。闫齐太的春联是：年年有酒年年喝，天天喝酒天天醉，横批：不醉还喝。刘汉三的门联是：不想富来不想有，只要天天都有酒，横批：以酒为伴。

酒乡轶事之二

迎春，这个名字听起来温柔。但是在酒场上也有一段趣事。

迎春的性格文静，说话和风细雨，办起事来不紧不慢，有板有眼。一些朋友通过在她家里喝酒不得不对她刮目相看。那一日，来的是弟弟，嘴巴都很甜，围着她乱叫姐，叫得她心里热乎乎的。她也端茶倒水忙个不停。当她倒水倒到一青年面前时，那青年已是小晕，说："迎春姐，喝点吧，这酒一点也不辣！"迎春说："你们几个喝吧，我还要伺候你们几个嘞。再说我也从没有沾过酒！"青年说："有俺哥嘞。再说，俺几个男人喝酒有啥意思？你坐下陪俺几个小弟喝几个吧。"另外几个青年也跟着起哄。她看了一眼丈夫，丈夫没有吱声，她便坐在一个空位上。

迎春真没有沾过酒，不管在娘家在婆家。但是，拗不过几个小兄弟的美言相劝，她不好意思地端起了一杯酒。有了第一杯就有第二杯……没想到在她喝了有二斤多的时候，丈夫眼睛也直勾勾地盯着她，没有想到自己的妻子这么能喝酒。迎春说:"这是啥酒啊?跟水一样?"大家傻了眼。丈夫说:"你喝多了,孩子醒了,赶紧给孩子喂奶去!"她没有看丈夫,顺手打开放在桌子底下的两瓶54度的宋河酒,面不改色心不跳,站起来给每人倒了一小碗说:"把这一小碗喝了,我给你们做饭去!"一青年说:"姐,你不是不能喝吗?咋这么能喝呀?我们几个服气了,不惹你了,你快去做饭去!"听了这话,迎春也飘飘然起来:"谁说俺不能喝?俺只是没有喝过酒,谁知道酒是这个味儿呀,今天陪几个小兄弟尽尽兴!"她把一小碗酒一扬脖喝了。其他人也只好作陪,一青年当场醉倒在桌子底下,一青年喝喷,一青年跑到院子里呕了起来……

　　第二天,男人们谈起昨天喝酒的事,都说迎春那真是真人不露相,没有想到一个看着很文静的女子,喝倒一桌子男人。谈论中,迎春和丈夫从村诊所抱着孩子出来,人们问孩子咋了,迎春的丈夫说:"咋了?还不是你们几个干的好事,你嫂子没多,孩子'喝'多了!"

酒乡轶事之三

　　提起连增,在我们当地酒场上可算得上是一个人物。他憨厚心直,说话高门大嗓,常不避人。据说一次连增外出喝多了,跟跄着往家赶,他家喂的那条狗一看主人回来了,老远就迎了上来。连增此时的肚子里已翻江倒海,往地上一蹲,肚子里的东西全都倒了出来,随后头一歪睡着了。他家的那条狗可逮住了一顿美餐。夜半,凉风吹来,把连增冻醒了,他爬起来准备回家,一摸狗躺在身边,唤它不应,拍拍不动,便弯下腰掂起两条腿往肩上一甩背了回去。那条狗第二天一直醉卧不醒。这件事是连增的爱人无意中说出来的,后来别人拿这件事取笑连增,她就再不承认有这些镜头,但别人又无从考证。

　　而连增他真正出名的日子也就是在补缺宴会后响起来的。

　　第七大喝走后,由谁来补这个缺?九大喝商量出一个较为公证且让人心服口服的办法,就是采取剔苗的方式,来个淘汰赛。他们择定日期,九大喝一溜排开,酒瓶当壶,不锈钢的酒杯一杯装三两三。酒场开始,第一大喝,而后依次类推。他们不喝茶、不吃菜,就那一杯一杯地干闷。酒场上只听见吱吱地喝酒声,气氛相当严肃。

在第十斤鹿邑大曲下了肚之后，已有人坚持不了了，退居二线搞服务，直到喝了15斤，场上还剩六人。前三大喝的位置是谁也竞争不到的，而竞争对象就剩二人。你看那连增把递过来的一瓶鹿邑大曲拿过，看准瓶上250毫升的刻度，手指一掐，往碗里一倒，然后在众人面前亮了一圈，意思是剩下的半斤不多便一扬脖咕嘟了。后两名竞争对手一看不是茬，自愿站起。于是有人给连赠送了四句顺口溜：第七大喝补连增，又能喝来又能撑；肚子一鼓头一伸，醉了还能喝半斤。

乡 情

夜深了，妻子和孩子已经睡了，看着新房子里摆放着的沙发、组合家具，还有一套给儿子买的组合"卡拉OK"音响，从心里感到甜滋滋的，说实在的，是党的好政策富了咱庄稼人，但总忘不了离开家乡、流落他乡的情景。

记得那年正是青黄不接的季节。村子里百十户人家能吃饱饭的没几户，当时我家里只剩下二十来斤红薯干，十多斤玉米，小麦刚刚拔节，两个大劳动力，这日子怎么过？于是，我产生了出去找活儿干的念头。

一个黑黝黝的夜晚，我悄悄地爬起来，穿好衣服，又小心翼翼地点着灯，看了看我那酣睡着的妻子，此时她已有7个月的身孕，我走了以后家里怎么办呢？为了生活，为了她，还是走吧！到新疆去，听说那里挣钱容易，就这样向她告别吗？我怎么也没有勇气叫她一声。"日子再苦，人家能熬咱就不能熬？紧巴着过吧，啊！"每每提到出去找活儿干，她总是这样安慰我，我再也不敢想下去了，赶紧熄灭灯，心一横，拎起包袱上路了。

星星寒森森地眨着眼，路边的杨树不时地发出沙沙的声响，我又一次回过头来，翘首望着朦胧中的村庄，我可爱的家乡，我的爱妻，还有我那即将出世的孩子，再见了！

光阴荏苒，一晃四年过去了。初来新疆时，眼望着那一片茫茫戈壁滩，我不知所措。后来，幸亏遇到了也来新疆打工的一位姓冯的师傅。他懂点建筑技术，于是，我们纠集了从内地来的打工弟兄，给人家筛沙子、刹苇子、脱土坯、建房子等等，多苦的力都出过，多累的活都干过，每月能挣到几十元的工资,并可省下十几到几十元钱为爱妻寄去。我真感到心满意足了。

但是,每当天黑下的时候,思念故乡的情更浓,进入那甜美的梦乡,梦境便飘到了我那可爱的家乡。

有人说:金窝窝、银窝窝,不如自己的土窝窝。这话千真万确,谁不爱自己的亲生故土呢?可一想到那破街道、烂巷子,留给自己的只有深深的叹息……

是妻子的一封来信,打动了我的心。

晓鹿:问好!

你知道吗?咱们这里已不是过去了!队里自从实行了"五定一奖""责任包干"制以来,社员的积极性大增。去年秋天咱队是产棉队,棉花获丰收,秋季每人平均收入五百多元。有些社员已盖起了瓦房,几个光棍汉都娶上了媳妇。现在是初次实行这种制度,我看今年社员都尝到了甜头,有了经验,说不定要超过去年的一倍呢,社员们都说,党的农村经济政策就是好!

好啦,我也不啰唆啦!你汇来的钱,家里收到了,我没花,因为去年咱家的两亩多地,我种了棉花,净拿350元哩……

我回到了阔别已久的家乡。

家乡确实变了,街道两边都是楼房,一条新修的柏油马路直达县城,农民冲破了左的思想束缚,解放了思想,放开了手脚,出现了养殖、种植、加工、贩运等专业户、专业村,还有的变成了腰缠万贯的大款。

我和妻子勤耕细作,一家三口日子过得甜甜蜜蜜。衣食住行样样不愁。每每谈起这些变化,妻子总是说,是她的那封信把我拽回来的。

我说:"信是一方面,更主要的是党的富民政策好,使我们以至全国人民才有了今天这样幸福的日子!"

女理发师

案件破了，企图抢劫、强奸她的两名歹徒被抓了起来，这一切都源于她。她叫秀秀，由于家境贫寒，她从小体弱多病。她一次次病倒，又一次次倔强地站起来。谈起往事，她有说不尽的辛酸。

17岁那年，父母把她嫁给邻县一个小镇上在街道上理发的青年人。她想离开家庭，争一口气，和男人好好过日子。在秀秀的要求下，她和男人在县城租了间门面房，招了一名女学徒工后干起了理发生意，生意越做越红火。但她嫁给的却是一位好吃懒做的人，结婚才几个月就原形毕露。男的有了钱就去赌、去喝、去找女人。她多次劝他，得到的不是毒打就是臭骂。她强忍着，在苦海中挣扎，与生活抗争着。

三年过去了，她有了一男一女两个孩子。在第二个孩子刚满月时，她请来一位保姆照顾着，到济南办的美容美发培训班学习三个月。回来后，她发现丈夫不理她了，和女学徒眉来眼去的。她把这名女学徒辞了，又扩大一间门面，可自这以后给她带来的是无休止的争吵。后来，男人竟然把那女人带到家里来。她忍无可忍，决定和他离婚。她放弃所有要求，必须得离。最终，两个孩子一人一个，女孩归秀秀抚养。

女人有男人是个家，没了男人，她体验到了世态的炎凉。在她筹资租房开办一间美容美发店期间，工商管理人员找上门，要求预交400元，并在三日内办理营业执照；税务部门下通知，要求预交仨月的税600元，否则将向法院起诉；卫生防疫部门限她在三日内到防疫站检查身体，办理健康证后才能开业，因属无证营业先交罚金1000元。她四处借钱，有一部分还是高息借来的，这次她确实无实力再办这些手续了。

　　后来她从一个姐妹口中得知，是自己原来的丈夫串通离自己门店不远的一家理发店和个别工商、税务、防疫人员专门刁难她。这些执法人员来理发、美容，她不收钱，这些人心安理得地来，心安理得地走，有时把同事带来，把三亲六故带来，她都忍了。这些个部门得罪不起呀！秀秀说，在她干门店生意的一条街上有两个地痞流氓，经常来骚扰她。他们理发不给钱，她也不敢收他们的钱。就这他们还不满足，经常半夜三更喝醉了酒来敲她的门，吓得她和女儿大气都不敢出，整日提心吊胆。

　　一日，长着面甜瓜脸的男人要她先给他洗头，洗完头又要她的女学徒给他按摩。就在女学徒给他按摩时，他竟明目张胆地强行按倒女学徒。正当面甜瓜脸撕扯女学徒的衣服时，秀秀对着面甜瓜脸就是一个耳光，说："你放尊重点，我这里不搞色情服务，再胡来，我就喊人了！"面甜瓜脸捂着脸当即就愣在了那里，他没想到这位看似腼腆的女老板竟如此厉害。在秀秀威严的目光逼视下，面甜瓜脸灰溜溜地走了。临走，他抛下一句："好！你这里经常搞色情服务，你当我不知道吗？走着瞧，这两天我封了你的店……"

　　就在秀秀打了面甜瓜脸那天夜里，面甜瓜脸带着四五个人强行搜查了她的房间。他对着秀秀说："我是郊区派出所的，有人举报你容留妇女卖淫。"他们把屋子翻得乱七八糟，这伙儿败类走后，她和女儿、女学徒都哭了！秀秀说："说我这里容留妇女卖银（淫），屋里铁还没有呢，哪有什么银子，还不是我打了他一巴掌惹的祸。"

　　我听了秀秀的哭诉，也笑了，说："秀秀老板，面甜瓜脸说的卖淫，是留女的干色情服务，不是银子的银。"秀秀也笑了，用毛巾擦去眼角的泪水，给我理起发来。秀秀边理边说："我那狼心狗肺的前夫，为啥刁难我？让当地流氓欺负我，又让派出所的面甜瓜脸查我？上次要不是你的相助我可就惨了。"

　　我说："正义永远能战胜邪恶，你不是说过，要相信党和政府吗？"

　　我和秀秀的接触纯属偶然。一次我到外地执行案件回来，天色还早就顺便到秀秀理发店洗了洗头、刮了刮脸。第二天就有同事问我在哪家理发店理的发，发型设计得这么漂亮。于是，以后我头发长了都到秀秀理发店理。

一次，她给我刚理完发，跑过来一位七八岁的男孩，静静地站在她身后。她头也不扭，说："又有啥事？"小男孩说："没事！"我知道这是她儿子，男孩判给她前夫了，但孩子总围着她。前夫的门店离秀秀的门店又不远，一有空，男孩就跑过来静静地倚在门框上或静静地站在她身后一声不吭。秀秀说："我一个人照护着两个孩子，以前不把我当人看的母亲也向我要钱，想想她终归是我的母亲，不然我良心上也过不去。"

多么善良的女性啊！我说："你母亲不是由你哥照护着吗？"秀秀说："哥哥成了家后由嫂嫂当家。母亲烟瘾很大，又好吃懒做，从我哥那里得不到钱，就想起她还有我这个女儿哩！"

这时，秀秀看儿子还不走，就拿出两元钱蹲下身子塞到他手里说："你妈在家没有？跟着你爸的那个女的你叫啥？不叫妈她能疼你吗？你妈带的那个小男孩，对他可要亲一点儿，不要和他打架！"说着说着，秀秀便泣不成声了。

听了母子俩的对话，我心里也酸楚起来。一个单身女人，特别是离异的单身女人，在外独自闯荡世界是多么艰难啊！我说，你一个女的又带着孩子怪艰难的，以后有什么事需要帮助的话找我好了！我把电话号码留给了她。

谁知留电话号码的当夜就出事了。下一点光景，电话铃猛地响了起来，我和妻子在梦中吓了一跳。我忙抓起电话问："谁？"

"求救大哥，我是秀秀理发店！有人在撬我的门……"我听到哗啦一声，然后什么也听不到了。我立即拨通了110，以最快速度骑车赶到现场。我到现场时，警灯闪烁，六名民警正把两个戴着手铐的家伙押上车。店内一片零乱，秀秀正坐在床上掩面嘤嘤地哭，7岁的女儿倩倩正趴在妈妈的身上叫着。我和其中一名民警认识，问了一些情况，原来这两名歹徒喝过酒后撬门入室抢劫，从箱子里抢走500元钱后，对秀秀欲行不轨，被当场擒获……

案件侦破第三天，秀秀打电话要我过去。她说想请110的同志吃顿饭。我说："保护人民生命财产安全是110民警的职责，请他们吃饭，他们是不会去的。"秀秀说："那我就请你吃顿饭。"我说："我也是一名执法人员，帮助你也是我的责任。"她说："你来不来？你不来我就不活啦……"

我站在电话机旁愣了好半天。我放下电话，向妻子讲了经过。妻子叹了口气说："一个女人闯世界，日子够难的，她请110民警又请你，有她的想法，她也想多认识几个人，以后有个依靠。你不去她肯定会失望的。人家想着你是一棵大树哩！去吧，去吧！"

我骑车来到秀秀的小店，秀秀正抚着门框朝我这儿张望着。望见我，她一脸地兴奋。她把我让进里间去。我和秀秀认识半年多从没迈进过她的里间一步。我问："女儿呢？"

她说跟着女学徒出去玩去啦。我瞅了瞅秀秀的卧室，除了一张床外，床头还放一个老式皮箱，皮箱上放着一个小座钟。南北墙拉扯着一根细铁丝，铁丝上挂着几件破衣裳。靠北墙根有一火炉子，炉子旁有一个纸箱，纸箱上搁着一米见方的小木板，木板上摆着四个小菜。

这时，我闻到一缕女人特有的香味，我这才发现她离我很近。我的脸一下子红了。但在我的心灵深处，确实存有对秀秀的安慰、同情、爱怜之情。

她从床下啤酒箱子里掂出四瓶啤酒，用螺丝刀撬开，往我跟前推一瓶，自己拿一瓶，嘴对嘴地喝了起来。我正吃惊她的酒量，她的脸微微红润起来，话也多起来。在她开启第五瓶的时候，我按住她的手说："酒不要喝了，你已经喝得太多了，还有生意呢！"我不说也罢，一说，也不知伤了她哪根神经，她的泪水像断了线的珠子流了下来。

面对这场面，我感到无助了。沉默了一会儿，她唏嘘着站起来用毛巾擦了擦眼睛轻轻地说："我真得感激你一辈子，如果不是你，前天不知会发生什么事。"我说："以后再遇到类似的事，就拨打110！"秀秀说："你和他们认识，又是一个系统，他们听你的，我打110能中吗？"我说："110是人民的110，谁遇到了困难都可拨打110，他们都会帮助你的！"

秀秀说："我还是得感谢你，是你打110让他们来的。"说着，她用被子蒙住头呜呜地哭了起来。我给秀秀倒好水放在床头的柜子上，然后带上门回到了家。这一夜，我辗转反侧，不能入眠，心想，一个女人在外闯世界真的好难呀！

后来，因为工作关系，我离开了那个小县城。算算自从那次离开，我已两年多没去过秀秀那里理发了。秀秀，你现在过得还好吗？

王二愣小传

俺家乡是酒乡，在俺这里人们也特别好喝、能喝。俺村有个名叫王二愣的，爱酒，且爱逞能，喝酒中所出的洋相也多。

相对象

年轻时王二愣其实不愣，就是毛手毛脚，头脑简单。王二愣真名叫王分良，因为人实在，愣头愣脑的，所以人们送他个绰号王二愣。

王二愣二十多岁时，在集市上流荡惯了，酒友自然遍布东西南北大街。一天，他请一酒友带着酒肉礼品伴他去相亲。未来的岳父是乡下人，姓刘，名万里，在村里也是小有名气的人物。刘万里一看未来的女婿来了，专门请了本村几个能喝的陪客。王二愣经不住让，便大大咧咧地往岗子（上席位置）上一坐。

酒场开始。王二愣在街道上冲杀惯了，哪知道这几个乡下的陪酒者也非等闲之辈。没过几个回合，王二愣已昏昏然、飘飘然了。王二愣的愣劲儿上来了，凭着他的酒量和他自认为所向无敌的枚拳扬言横扫一圈。刘万里端着菜过来，看王二愣说话有点不对茬儿，劝他不要喝多了。哪成想王二愣不但不领情，反而胳膊一伸说："来，摸几枚！"王二愣嘴巴已经把不住门儿了，张口便喊："哥俩儿好啊……"刘万里气得哼地一声站起身出去了。第二天，女方那边捎来信说："这门亲事就此拉倒。"

后来，王二愣因和乡司法所的一位工作人员是酒友，这位酒友在调解一桩离婚纠纷时，便让王二愣捡了个"媒茬"。

结婚后

王二愣爱喝闷酒。这天，酒友小王搬了一箱58度"王牌世家"酒拿着菜来找他喝酒。开始每人打开一瓶酒对饮起来，之后又拧开二斤。每人喝完四斤后，剩下的一斤他俩提议算公共酒，二人猜着枚喝。这样，二人又喝了一斤。天色已晚，小王迈着八字步离去。王二愣送走小王身体已有些不支，看看爱人串门子还没回来，天气又热，在屋里三晃两晃倒头便睡。

爱人回来后，看看桌子上杯盘狼藉却没个人影，想着可能喝罢酒找人打牌去了，拾掇后便铺铺床睡了。朦胧中，她觉得床下有动静，仔细一听，说猪不像猪，说人不像人的声音，吓得她"嗷"地一声跳出三丈外，惊得左邻右舍纷纷跑来问咋啦。王二愣爱人指着屋里直打战："床……床……床下有鬼！"这一喊，几个小青年手里拿着长杆短棍地围住了堂屋。几个胆大的到屋里拿着手电向床下照去，一看有个人在里边，一青年拿棍照着屁股就是一家伙，只听"哎哟"一声。一青年耳尖，说："这不是愣子哥吗！"众人七手八脚把那人拉出来一看，果然是王二愣。

他爱人一听，跑进屋捡起地上的高跟鞋照着王二愣的头就是一家伙，幸亏被一青年挡住。这时王二愣醉意未消，茫然地看着满屋子的人，揉着屁股问："刚才谁捅我一家伙？"

出人头地

不知道是哪一年了，那年乡里招聘武装部工作人员，王二愣被聘了过去。不是说王二愣有什么能耐，而是因为他盯得紧，又不是正式干部，又是街上的人，也没人和他争，就被聘上了。于是，他西装革履地一打扮，还挺像一回事，人们都戏称他"王部长"。这里酒场天天有，乡里来了客人，领导都让他陪。王二愣的酒量更大了，名声也更远了。

一日，一老者到乡里点名要见武装部"王部长"。听到门卫传达后，王二愣思忖：我在外地无亲无故，这老者找我何事？他出门一看，是一白发老翁，那老者慈眉善目，腰挎一大葫芦，估计可盛四斤水之多。王二愣便迎上去，把他让进屋。落座之后，王二愣递过一杯热茶道："老人家，请用茶！"那老者并不答话，端详着王二愣问："你就是王部长？"

"不敢当，我是王二愣！"

那老者双手抱拳说话了："久闻大名，今徒步百里前来相会。"

"老人家有何见教？"王二愣忙双手还礼。

老者说："老朽家住柘城县北二十里小吕庄，自幼嗜酒，曾以酒场无敌手而闻名乡里，得知王部长猜枚喝酒天下无敌，且苦县人杰地灵，自老子李耳之后百代以来，仙乡酒杰数不胜数，故前来拜会。"说话间，已摘下腰间葫芦。王二愣暗自好笑，没想到我这喝酒还真喝出名声来了，忙拦住话题说道："老人家过奖了，鄙人酒乡之人，虽饭前爱喝点'拐弯水'，却也不像传说的那样海量，今天能得领教老人家，也算是三生有幸了。"

王二愣从套间搬出一箱低度"王牌世家"，拿出一瓶，一倒一翻，在大腿上一顿，"啪"地一下，瓶盖飞向房顶，然后又打开一瓶递给老者说："老人家，今日茶少，咱就凑合着先用这酒解解渴吧。"那老者表面虽不示弱，心里已吃惊不小。

时近中午，二人已喝了6斤，王二愣仍在劝："老人家，这才11点半，菜马上来！"这时老者已觉头晕，心想：这王部长一点醉意都没有，不愧是豫东酒王，不如趁早抽身！

那老者站起身，双手抱拳道："王部长，百闻不如一见，今天我算开眼界了。好酒量，佩服！佩服！"言毕，拎起酒葫芦走出门去，任凭王二愣怎样挽留，头也不扭，径直走去。于是，在豫皖交界处，王二愣以酒代茶敬客人的故事便流传开来。

后来，二愣子不知道哪辈子烧了高香，人们几辈子没遇上的好事都让他遇上了——上边批了转正指标，二愣子转为正式国家干部。从此，人们再也没见过也没听到过他喝过酒后出洋相的特写镜头了！

狗子的爱情

好友狗子把我拉到墙角拐弯处对我说,他想去看看荣,我说你去就去吧,跟我说啥。

他愣着看了我一眼:"我怕人家说!"

我说:"你爱她爱得死去活来,都到这个份上了,还怕人家说?有一点儿出息没有!"

看着狗子那副熊样,我想,人的心真复杂且不可揣摩。背地里爱得死去活来,枪顶在脖子上也不怕,一旦光明正大地让他去爱,他又胆小起来。四十来岁的人应该说已经成熟了,在这个问题上狗子却没了主心骨。

狗子和荣是在一次从县城办完事回来的路上相识的,当时下着瓢泼大雨。二人下车后,在狗子的盛邀下,荣到狗子家避雨并吃了晚饭后,狗子用家中的机动三轮车送荣回家。中间发生的故事只有天知道。

感情一旦滑坡就不可收拾了。听人说,他俩两天不见就想得慌。荣是一个很风流的女人,和她相好的男人很多,自从和狗子好后,便死心塌地地跟定了狗子一人。为此,争风吃醋的事也不断发生,但畏于狗子曾在外学了两手,没有谁敢和狗子明着争,只暗地里找荣的事儿,时间长了,也就没人和荣纠缠了。我不知道荣的男人是如何忍受的。家里穷,男的没本事,漂亮的媳妇是很容易红杏出墙的。后来的事是狗子对我说的。

一天,荣说:"我的右上腹疼,不想吃饭。"

狗子说:"明天我带你到县医院检查检查!"

两人背着人到县医院做了CT后,医生对狗子说,腹内有异物,很可能是癌症,狗子吓得怔了半天。他对荣说:"医生让你明天再来复查一次。"

第二天是荣的丈夫带着荣去的,听到医生报过肝癌的病情后,他差点晕了过去。

此后,狗子又偷偷地带着荣到县城各医院检查,拿了几次药,又到外地看了几次,但病情仍不见好转。

一次,荣对狗子说:"我如果住院,你一定常去看我!"

狗子说:"我一定常去看你!"

说过的话难道食言吗?男子汉大丈夫。

狗子鼓起勇气去了。

第二天,我见到狗子,他眼圈红红的,哽咽着。他说:"我真不想活了!荣病得不成人样了,病咋越治越重呢?买再好的东西她也吃不下!"

那天狗子又去看荣,荣对丈夫说:"都是我不好,病到这个地步了,啥事也不瞒你了,希望你不要怪我,也不要让孩子怪我。你和孩子先出去一会儿,我要和狗子单独说会儿话!"

荣说完欠欠身子,让狗子坐在她的床头上,要狗子搂着她。狗子不敢,荣说:"我是快死的人了,还有啥不敢的!"狗子就坐到荣的床头上,用胳膊搂住荣的半身,荣紧紧握着狗子的手,依偎在狗子的怀里,说了声:我真幸福,便昏了过去。

后来,荣死了,下葬的那天,狗子没敢去。

恶人恶报

南边大王庄有个叫王二的,早年父母双亡,家穷,穷得当间儿连一张桌子都没有;人老实,老实得三脚踹不出个屁来。去年,好在一起的穷哥们儿相帮凑合着哄进来一位漂亮媳妇。媳妇芳龄23岁,小王二4岁。论长相,那真是漂亮死了。

捞到这样一个媳妇,王二心里甜甜的,瞅瞅自家的寒碜样儿,心里又酸酸的。他暗自下决心,要干出个样子来,对得起媳妇。穷哥们儿便又到农行为他担保贷款买了一辆三轮车。拉人是个很赚钱的生意,从乡下到城里一天跑个三趟五趟,除去油钱和停车费,一天也能收入个三十、五十的。

一日,王二驾着三轮往回赶,忽听有人叫:碰着人啦!他头一懵,刹车一踩,一个跟头翻了下来。没等他明白过来咋回事,脸上已重重地挨了两记耳光。

"娘的,把老子的腿碾断了还想跑!"那人凶煞般地撵走车上拉的人,夺走了摇把,把车开走了。临了,还听那人说:"娘的,老子住院去了。私了,拿三千块钱住院费;公了,让你到那南监狱蹲三个月。"

王二抱头痛哭。心想,这下完了,贷款时就瞒着媳妇,本以为挣两个钱混出个人样,谁知贷款没还一个子儿,车被人家扣了去。

越想越恨,越想越恼。恨自己一时疏忽大意,恼那个人也太那个了。明明还能走,咋一开口就要住院费三千?他又想到媳妇,更伤心了。当初媳妇说:"小二,贷款买车啥时能还清这个账?再说,开车是个很危险的活儿,万一出了事……"妻子哭了，王二也哭了。但老实人牛劲，为了混个人样儿，王二还是背着媳妇买了车。

几个坐车的熟人在拽他的衣服，说："那个是城南边的，且是赖出了名的，还是先回家想想办法。"王二只是不动，在那里呜呜地哭。

扣王二车的是城南边的江二毛。此人在当地赖得出名。他把车停到后院，让老婆撕两条白布缠在腿上，找瓶红墨水染染。心想，今儿个捞他个千儿八百的。

夜半，他好像听到有人拨门，一惊翻身下床，撩起一根棍子冲了出去，正好和一个人撞了个满怀。细看，门头上悠悠地吊着一个人。吓得差点没了魂。赶紧让老婆拿手电照着，壮着胆子卸下那人，一看是白天那位开三轮的。摸摸还有气，他又是按人中，又是捉裆部，好半天，才听见："我……不能活啦……我……不活啦……"

二毛心想："这家伙心真狠，我没害他，他倒先害我一家伙。万一吊死在我家门头上，我就是十六张嘴也难以向公安人员解释清楚"。他对站在一旁发愣的老婆说："快，端点水喂他！"

王二彻底醒来了。他挣扎着想摆脱扣他三轮的那人，直听那个人说："小师傅！小师傅！不要紧了吧？走，走，车在后院里，我帮你把三轮摇开……"

官　路

连绵细雨下了半个月，天终于放晴了。李村的人早想到城里买东西了，一大早就挤满了那辆上海 50 型汽车的后拖斗。司机小刘"轰"地一声启动了沉睡着的汽车。

"下去，下去！这是给供销社拉肥料去哩！"小刘脖子里的筋暴得粗粗的。

"俺去取点货！"

"俺家没面了！"

"俺去……"

一位头上缠着头巾的年轻女人有气无力地说："上县医院做手术。"

汽车载着四十多人向前爬去。一段柏油路过后，拖斗便猛地颠动起来。

"啊！"拖斗在向左倾斜。人人都把心提到了嗓子眼上。

"注意，准备跳车！"几个青年在喊。人们你抓着我，我拉着你，瞪着惊恐的眼睛，望着水汪汪的路面。车吼叫着，像蚯蚓一样向前爬去。受惊的人们仍处于一级战备状态。那年轻女人呕了起来。一个小青年接过年轻女人手里的半篮鸡蛋："娘呀，这八里路要出事……呕……""咣当——"

车头又扎进一个足有一尺多深的沟里。"轰——"小刘加大油门。

"当——"有人被抛起一尺多高，又重重地落下。

这条通往县城的路有八华里，李村的人祖祖辈辈走在这条路上，他们把这条大家都走的路称为"官路"。为修这条坑坑洼洼的路，乡里六年前就开始让群众集资。结果款没少集，路也没能修起来。不少群众开始上访，乡里干部怕事情闹大，于是，从前年 8 月开始铺柏油，结果，铺上一半便停了。李村的人都觉得受了愚弄。一走在这路上，群众的气就不打一处来。这天，乡干部老张也正好乘车进城，一位年轻女人气愤地责问在一旁一言不发的老张："张股长，东关乡那路今年就修好了，咱乡这条路从前年就修，咋就修不好了呢？"

"你知道哪是哪呀！人家往上边跑了多少趟！"

"咱咋不多跑几趟？"

"嘿！"他气愤地说。

"咱乡修路款年年征，我都交六年了！"有人说。

"不是叫先前那个王乡长给挪用了吗？看他那在县城修的豪华别墅，没几十万元行吗？"

"光靠他那每月几百元的工资，八辈子也盖不起这样的房子。现在不正反腐倡廉吗？"不知谁冒出一句。

"反腐倡廉？"

"哼，咱这里说归说，做归做。"

"嘿——如今这事真邪乎！"

"当——"人们的上半身失控向后仰去。"啊！"有人大叫。在这一刹那，一个黑乎乎的东西朝一个人的头脸掉下来。

"哗！"那人眼前一片黑暗。

"鸡蛋烂了！"那人狂喊。接着就是全车的人大嚎。

……

汽车继续像蛤蟆一样在路上蹦来跳去……

"下车，下车啦！"小刘的喊声像猪嚎。车停稳了。人们七手八脚地下车。

"俺嫂子呢？"一个年轻小伙的声音。

"谁是你嫂子？"有人问。

"嫂子——嫂子——"四周无人应。

"哎呀！俺嫂子掉下车了。"

"哎呀！人恁多，谁知道啥时候掉下去的！"

"嫂子呀！集资修路的钱都被挥霍了……这样该死的路啥时候才能走到头啊——"只听到那小伙大声哭起来。人们一下子愣了，回头朝路上看去，只见雨水铺平的路面上水汪汪的，恐怕人早已摔得昏迷不醒了。

漫漫执行路

（纪实小说）

1

原告高二妮诉李振清债务纠纷一案，判决书生效立案执行后，法院执行人员向被执行人李振清下发了执行通知书，半个多月过去了，一点儿音信也没有，说明被执行人李振清不想履行，不想履行就是拒不履行法院判决。于是，我就打电话通知被执行人李振清，李振清说："你是法院的领导，是执法者，你难道不知道我是冤枉的吗？"

我一愣说："我是法院执行庭，我怎么知道你是冤枉的？你打官司打输了，原告高二妮申请执行，你就应该按照判决书履行，还找什么借口？"

李振清说："我明白了，你是只管执行！"

我说："对呀，你还真懂得一点儿法律哩，就像铁路工人一样，我只管这一段！"

李振清说："那我这就去法院！"

"你来呀，按照判决书上的判决数字把两万元带过来！"放下电话，我想这个案件应该结的顺利。

等了个把小时，李振清来了，背了一个鼓鼓的破化肥袋子。

我说："李振清，你还真有头脑，来县城里一趟还趁着买一些东西！"

李振清说："买什么东西？我这里边是被子。你们不让我走，我就不走了！"

我说:"哟,你还真有个性嘞你!你坐下,说说情况!"

李振清说:"领导,我也不瞒你,说出来你们也不要笑话我。这判决书上的两万块钱是我和高二妮相好的时候打下的!"

我说:"是你底下狂了吧"!

李振清苦笑了一下,因为激动,他说话有点结结巴巴,前言不搭后语的。

我耐心地整理了一下,李振清说的情况大概是这样的:在2004年1月10日,他的"老相好",也就是现在的原告高二妮打电话要李振清去她家商量事情。李振清去了以后,高二妮又是包水饺又是炒菜,而后又从里间里掂出一瓶当地名酒。在他俩喝了八两酒之后,按照惯例李振清和她上了床。在李振清完事后,迷迷瞪瞪穿衣服下床准备走的时候,原告高二妮拿出纸笔递给李振清。

高二妮:"写!"

李振清:"写啥?"

高二妮:"写欠我高二妮两万元!"

"欠谁?"李振清当时很吃惊:"你吃肉,咱天天杀着牛;零花钱我经常给着你呢,咱俩是一个钱串子,写什么欠条?"

高二妮说:"写!"

李振清说自己犹豫着,不明白她是啥意思。

高二妮:"你写不写?不写我喊人啦!"

李振清说她真的喊了起来,自己当时吓得不知所措,千方百计地求她,她说:"咱们两个相好多年,有缘分呀,你一定得和我结婚。我昨天去了一趟城隍庙,算命先生说,咱们两个上一辈子就应该在一起的,我就应该是你的媳妇,你的媳妇是一个狐狸精,捣的我们两个没有婚配成。你不给我打条子也中,今天就不要走了,和我结婚,咱俩一起过日子。"他正在犹豫,她又喊:"李振清强奸我了!李振清强奸我了。"

李振清又对我说:"我当时急了,只好说,你、你别喊,我的姑奶奶,我写,我写还不中吗!领导,我就这样把条子给写啦?领导,你……你……你说我这是算什么呀?"说着,他委屈地哭了起来。

我感觉好笑,问:"你是不是男子汉?"

"是呀。"

"就这样把条子打了？"我斜了他一眼。

2

李振清："打啦。不打不行呀！我怕，人都说监狱里不好受！"

我说："是哩，要是好受都想去犯法嘞！你上诉时在中院怎么不陈述你的冤枉？把你的一些证据拿出来？"

李振清："我哪有其他什么证据呀？"

说着，李振清把一张小纸条递过来："这是我原来给她打的欠条的复印件！"我接在手里看了一眼。欠条内容是这样写的：我欠高二妮钱20000元。欠款人李振清。下边是年月日。

我说："这你还有啥说哩？开庭时你还有其他证据没有？怎么不给市中院的审判长当庭印证一下？"

"印证了，在开过庭后她突然从腰里掏出药瓶子，说我借她的钱是给我儿子买车了，如果判决她输，她今天就喝药死在法庭里！法官们慌忙夺去她手中的药瓶子，说判你赢，判你赢。这不就落得这一份判决书！"

我说："这样子判决你不满意是不？"

"不满意！"

我说："不满意你不申诉？"

"这来来往往的路费得多少？还要吃饭！我没有钱！"

我说："谁让你下边不主贵哩！你官司打输了，我就要按照判决书执行。你说今天咋办？"

李振清："我知道你是干公差的，你不执行人家告你，这样吧，你啥时候传我，我啥时候到！"

我说："好呀！你今天既然背着被子来了就不要走了？没有钱就先进去几天吧，我们也好向原告有个交代！"

李振清："领导，我真的没有钱，你传我，我到了，以后我随传随到中不？"

看他一副可怜巴巴的样子，我便生了恻隐之心，作为一个男人，生活不难到极点能成这个样子？便给他记记笔录限定个时间让他走了。

过了半月，高二妮来到法院问案件的执行情况。我跟她说，李振清家里确实没有偿还能力，给他缓缓劲儿，过一些时间再执行。

高二妮："他怎么没有钱？整天杀着牛，有钱！"

我说："我们已经查遍了县城里的所有银行，没有李振清的存款信息，在哪个银行？你提供信息，看他的钱在哪个银行存着哩？"

高二妮："我不知道，反正他有钱，你们法院不会去查？"说着，高二妮掏出一支烟点上，往我对面的椅子上一坐说："你不给我执行我今天就不走了！"

我无可奈何，只好又给被告李振清打电话，让他带着钱来法院，谁知李振清又是背着一个鼓鼓的破化肥袋子来了。在让高二妮回避后，我磨破了嘴皮子，李振清就是一句话，没有钱，非要找高二妮对质不可。我说："你在开庭的时候干吗去了？这时候你来劲了？"我左劝右劝才使他安静下来。对待这样的被告就是全国法院的执行能手又能奈何他呢？我真的没有办法了。在给院领导汇报后，领导说："既然这样，那就先拘留几天，给原告也有个交代。"

就这样，我们对李振清司法拘留15天。在拘留期间，我和庭里的同志到拘留所里提了李振清一次，做李振清的思想工作，钱没有多也有少呀。李振清就是一句话，没有钱，钱干生意赔了。看样子李振清是死猪不怕开水烫给高二妮摽上了。书记员记好笔录让他签字，他说："我不识字，爱咋办咋办！"

一天，高二妮又来到法院："李振清拿钱了？"

我说："没有！"

她说："没拿钱怎么把他给放了？"

我说："在拘留所里哩，谁放啦？"

她说："家里人在老家看到他了！"

我翻翻卷说："时间到了，是放了！"

高二妮："你不是说没有放吗？怎么放了？"

我对她说："时间到了，我不放拘留所也得放，不放违法呀。"

她愤愤地说："谁放的我找谁去，我要告他！"

我给她解释，这是法律规定的，到了15天，法院不出任何手续，人家拘留所也得放人。谁敢和法律开玩笑。我给她解释了半天，她才似懂非懂地离开了法院。

3

五月，人倍儿忙。人们都在赶着好天气忙着收麦，单位里有的同志也请假回去收割小麦去了，一年的口粮都在这几天里。连收带种，五月是人们最忙的一个月。

高二妮来了。看到她我有一点生气，又不敢发脾气，递给她一杯水，又拾起桌子上的一支烟递给她说："这大忙季节的，你不在家里好好收割你的小麦，为了这一个小案件值得这样子跑吗？"她说："我的麦子收完了。庭长，李振清没有钱，你能不能执行他家里的小麦？"我心想，这弄的是啥事？到人家囤儿里去挖人家的小麦，我还真没有干过。但是法律也是允许的呀。在给当事人留足口粮后，粮食也可以作价抵给申请执行人的。

我说："你想的也真够细的，今天就听你的。等麦收过后去执行李振清家里的小麦。"说完，我劝她先回去，好说歹说她才不情愿地走了。

在收完小麦，打场晒粮播种以后，收获的小麦经过几次的翻晒都入了粮仓。

一天，高二妮又来了，她说："走吧，庭长！"

我愣怔了一下说："咱还是不要去挖人家的小麦吧，一提起挖人家的粮食我就想起过去电影上国民党的兵挖老百姓的粮食、牵老百姓的牛的镜头。想办法让他出钱多好！"

她说："那是再好不过了，我听你的。你只要能把钱给我执行回来，你说咋办都中。执行结案后我给你送一面锦旗！"

我说："你打听一下李振清在家没有！"

她说："在家，这几天他哪儿都没有去。"

我说："走，再做做他的工作，尽量让他拿钱！"

我们来到李振清家门口，让高二妮在车里等着不要下车，以防见了面打了起来。李振清正在家里修理三轮车,看到我们进院,他愣在那里搓着双手说:"庭长,你们几个来啦?!"

我说:"我们不来可中?不来你能把钱给送到法院去吗?"

"高二妮那个骚×又去法院找你啦?"

我说:"李振清,你说话文明一点。欠人家的不就几个钱吗,都是同村的,以后还是你们见面多。再说,你的几个孩子都这么大了,这闹得沸沸扬扬的你能有多好看吗?"

李振清说:"她不怕丢人我才不怕哩,我现在就跟你们走!"

我把他拉到屋里说:"老兄,你可要帮帮老弟的忙,这钱也不多,给她不就行了。这一来一回百八十里的路,不是干这个职业的谁想往这个鬼地方跑?你也考虑考虑我们几个人的难处,这几个工资可不是好拿的,就算是帮我们几个人的忙中不中?"

"我这是出的啥钱呢?庭长,你说说?我,我还是蹲(进拘留所)吧!"

我说:"光蹲可是办法?解决问题才是根本。你先找一点,今天拿不完,订个计划慢慢还!"

他说:"我真没有!"

看看,费了这么多口舌没起到一丝一毫的作用。我正准备发脾气,干警小李说:"庭长,干脆把他院子里的三轮车开走算了!"

4

我瞅瞅院子里的破三轮,买了起码有四五年了,能值几个钱?想想这总比挖人家的小麦强多了。

我对李振清说:"院子里的三轮开到法院评估顶给高二妮吧?"

李振清想了一会儿咬咬牙说:"反正是反正了,我这屋里还有电冰箱、洗衣机一块给她就算两清了!"……我心里正高兴:"这案件有眉目了。"没想到刚到三轮车跟前,突然,从屋里套间里冲出一个胖女人,开口就骂:"你,你个老不死的你,你舒坦了,你得劲儿了,你去跟她过去呀你!这三轮,这冰箱,洗衣机都是我买的,谁也不能动!"

突然冒出了一个胖女人,我懵了,说:"反了你……"

李振清忙拦住说，这是小孩儿他娘，不要和她一般见识。我看李振清的媳妇有五十来岁，胖胖的身材，黑黑的脸，话没有说完就喘着粗气。心想，这婆娘有病可不能惹。

李振清的媳妇跑到三轮车前边，往地上一蹲，用胳膊搂着三轮的前轮说："你们要开三轮车我就碰死在这儿！"

我对李振清说："你这媳妇还真把家哩！"李振清说："她有精神病，还有高血压、心脏病。"

我说："李振清，你吓唬谁呀你？既然是这样子，你还是跟我们走吧！"把李振清带回来给领导汇报后，又一次送到了拘留所，拘留所里的干警说："怎么又来了？上次的伙食费还没交哩！"我们向拘留所里干警做了解释，他们总算收了。

李振清算是真犟上了，15天过后，他一分钱也没有拿又被放了出来。听拘留所里的干警说，这一次仍然没有交伙食费。

拘留所里的同志说，李振清连伙食费都没有交。我能有什么办法，执行款一分也没有交哩！确实也没有其他办法，执行上的口语是穷尽一切手段，既要保护双方当事人的合法权益，又要把案件顺利执结，做到案结事了。我和庭里的同志什么样的执行方法都想了，就是结不了案，我不敢看到高二妮来，一看到她来我头皮就发麻。

一次我打电话找李振清，他接电话说："叫我去是不？"我生气地说："你认为这样下去可是办法？法院一次次开着警车去你家，你在左邻右舍面前咋混人？还有你的孩子在村里，以后人家给他提媒说媳妇的，对他有没有影响？为了你这一段不光彩的历史……"他停了半天才说做做媳妇的工作，把家里的三轮、电视机、冰箱、洗衣机都拉到法院给她。我说："这也是你的一点诚意，这样也算支持我们工作了呀！你明天给我回话。"

第二天，李振清回话说他媳妇同意。但这些东西拉到法院后就两清了，结案了。我说："你先把这些东西拉过来，我们做做高二妮的工作。"

没几天，高二妮来了。我对她说人拘留两次了，李振清确实没有钱。通过做他的思想工作心也活便了，他家里有三轮车、电视机、冰箱、洗衣机给你顶账。

高二妮说："那能值几个钱？让物价部门评估，评估多少算多少。剩下的多少钱继续执行！"我噎住了，让人估摸了一下这几件东西最多7到8千元。那边说顶账结案，这边说评估多少是多少。没有调解成。

5

转眼十月到了，高二妮又来了。进屋就说："庭长，我的案件执行啥样了？"我说你没来我们已经又去了几趟了，你是知道他家里的情况确实没有钱，等他家里有钱了我们催勤点儿。

她说："趟数再多管啥用？他现在有钱就是不拿！"

我说："你可知道他在哪个银行存着呢？"

她说："不知道，你们去查！"

我说："几家银行我们早就查过了，没有钱！"

她说："噢，你们都查过了呀？那玉米下来了，你们可以去执行他家的玉米，原来让你们去执行他家的小麦你们都不去执行！"

这次我下了狠心，非执行他家的玉米不中。我说："你先回去吧，一会我们去。"我们又一次来到李振清的家门口，高二妮从一个胡同里迎了出来。我问："李振清在家没有？"

她说："我一直在这里守着哩，没有见他出去，在家。"

我让她先回去，等候消息。

到了被告李振清的堂屋，见李振清的妻子一人在家。

我说："嫂子，你丈夫哩？"

"家里没有钱，出去打工去了，好挣钱还那个样啊！"

"到哪儿打工去了？"这时，干警小李说："庭长，李振清在东间哩！"

我一看李振清家里喂的狗对着东屋的门口朝里边直摇尾巴，心想这屋里没人狗会摇尾巴吗？便走进去说："李振清？我们大老远的跑来了，你也不给面见，你这人一点儿礼貌也没有！"

李振清从床底下钻了出来，脸红着很不好意思。我说你不是随传随到吗？电话也不接了？还躲在床底下？你这是啥态度你？

他说："庭长，不要拘留我了中不中？拘留所里的滋味确实不好受！"

我说:"拘留所里要是像五星级宾馆那样,有彩电、空调再给你找个小姐伺候着你还不愿意回来哩!"

李振清傻傻地站在那里无话可说。我说:"走吧!"

为了稳定申请人的情绪,给院领导汇报后,李振清第三次进了拘留所。

后来,拘留所里的干警说这一次又没有交伙食费,15天后给放了。

此后一年多的时间,申请执行人高二妮也没有来过。

过罢年的一天,我在城里的大街上见到了申请人高二妮,她老远就跟我打招呼:"哎,庭长,庭长,那一次李振清从拘留所里出来后就出去打工去了!"我问她去哪个地方打工去了?高二妮说不知道,据说是山东某个地方。

我说:"李振清出去打工是为了挣钱还你账哩!"

高二妮说:"屁,他要还我的账早就还我了。"

我说:"法院也只能这样给你执行了!"

高二妮说:"是哩,你们都没少操心。"

她凑近我,望着我的脸笑着说:"庭长,查封他家的房子中不中?"

我说:"他家其他地方还有房子?"

她说:"没有!"

我说:"那他一家人咋办?"

她说:"贴上封条,不让他们的人进家,他就还我钱了!"

我说这事不能做得太绝了,你们又是一个村的,低头不见抬头见,以后咋见面?再说了,他家就那三间房子,两间偏房,不值几个钱不说,也卖不出去,法律也是不允许的。

她脸一寒,说:"那咋办?"

我说:"你先打听打听他的线索,过一段时间,等他打工挣了钱,我们再去执行他!"

她说:"中!"

后来,不知过了多长时间的一天上午,高二妮匆匆来到我的办公室,气喘吁吁地对我说:"庭长,我看到李振清在法院北边的陆成小区门口在给小区看大门哩,你们赶紧去把他抓回来!"我说:"你打听一下他去了多长时间了,我们好跟小区的领导沟通一下,把他的工资给扣下来,来顶你的债务。"她说好，就匆匆地走了。

当天下午，高二妮垂头丧气地回来了，对我说："让你们去抓他你们不去，他们小区的领导说他辞职不干了。"我说："你惊动他了吧？你再慢慢找，咱县就这么大，他能跑到哪里去？"高二妮说："好，我看他也跑不到外国去！"

算算从那次分手有两三年了，至今，被告没了踪影，原告也没了音信。

梦醒时分

慧嘴张着喘着粗气，捂着怦怦直跳的心，望着那刚刚从楼下搬上来的二百个煤球，长长地舒了一口气。丈夫宗五从南方才回来，家里的气没有啦，煤球也断了，这不，刚买回一罐液化气，煤球却又送来啦。宗五回来这段时间不是搓麻将就是喝闲酒，反正没正正经经地在家待过一个小时。再说，她也不想太劳累他了，她让他好好地养养身子。她来到卫生间，从壁上镜中看到自己面颊上的黑道道，那狼狈样儿使她自己也不免耸了耸肩。过日子真难啊！拧开水龙头，哗哗地洗了把脸，用毛巾随便地擦了擦。她想在丈夫没回来之前应该把饭做好，做什么好吃的能让宗五称心呢？她明显地感受到宗五从前的骚劲没有了。

她确实太累了。她懒洋洋地往沙发上一躺，痴望着墙上那块雷达牌时钟，时针正指向11点，做饭的时间是宽裕的。她想他最爱吃的是鸡蛋捞面条。在两年前她和他正热恋的时候，有一次她和他避开那位老太婆不怀好意的盯梢，来到宗五的单身宿舍，刚进门宗五就控制不住了，双手把她给托了起来，平放在床上，拽下她的连衣裙，扯下她的内裤压了上来。她浑身一阵战栗，他听到她的呻吟声，越发亢奋起来，那真是一种妙不可言的神韵流遍她的身体的各个部位，她浑身酥了一般。完事后，她紧紧地搂着他疲倦地遐想着。不知过了多久，宗五醒来后，抚摸着她的头发迷迷地望着她，用唇轻轻地摩擦着她的眼睛、鼻梁和她那湿润的嘴唇。他在她耳边轻轻地细语着："慧，我最最亲爱的慧，我今生今世也忘不了你给我的快乐，让我们终生厮守，白头到老。"她也顺势狂吻了他一阵,说:"五,你累了,今天我来下厨,你最爱吃啥?"他说:"我最爱吃鸡蛋捞面条,一天四顿都不嫌多。"她那天使出了浑身解数,那顿香喷喷,又软又筋的捞面条把个宗五撑得直抹肚皮。饭后他俩又缠绵了好一阵子。

"笃笃"。她从回忆中醒来,感觉下身湿乎乎的,嘴里应着谁呀?随手撕了片卫生纸塞了进去。拉开门,一张女人的脸伸了过来,是三楼的张霞。"慧姐,你买煤球啦?多少钱一个?我宗五哥有病你咋不说一声?"

慧不知回答哪句话好,只嗯了两声,可后一句她却听得一清二楚。宗五啥时候病了?啥病?张霞望着她慧姐圆睁着的眼睛,似张似合的嘴唇也疑惑起来:"嗳,我眼花了吧,刚才在北大街康利诊所有一位挂吊针的男子可像我宗五哥了,可能是我看错人啦!""嗳,今天做啥饭?这不,我刚把煤球搬上来,还不知道宗五中午回来不回来!"说完,她自己也有点吃惊,自己今天怎么啦?

张霞傻愣愣地看了她慧姐一眼,做了个鬼脸说:"我上楼了,俺那口子马上接孩子就回来了。"嘿!一天三顿饭真讨厌,今天吃啥呢?不知怎的,慧的心情突然坏起来,似乎头有点隐隐约约的疼。她退到沙发上,拍了一下脑门自问:"今天怎么啦?这几天怎么啦?近段时间怎么啦?情绪这么不正常?"想想,原来可没这样过。是宗五回来后,是的,宗五回来半月了,就是这半月,她的情绪糟糕透了。她记得他第一次要她的时候,把她摆平后,他那一双贪婪的眼睛细细地审视着她的身体的各个部位。她羞得不敢睁眼。宗五欣赏后又用嘴唇吻遍她的全身。她那苗条的身段、洁白如玉的皮肤及一对匀称的乳房,真是漂亮绝顶了。按照宗五的话说,他从来没见过,也从来没有想过她脱掉衣服会是这么美。上帝把女人所有的美都赐予了她。他说,他就喜欢她这苗条的身段、薄薄的嘴唇、小巧的鼻梁、浅浅的酒窝、一双见人就笑眯眯的眼睛。他又说,看到这双眼睛,他又害怕结了婚后会勾引别的男人。当时她脸颊绯红,一双含情脉脉的眸子似张似合温柔地望着他。她娇嗔地拧了他一把:"快不要说不吉利的话!只要你不变心,就像你说的,咱俩今生今世,海枯石烂,永不变心。"他看到她那眸子里溢满了情,他知道这是等待、渴望。

时钟当当地敲了几下，她翻身坐起，这该死的宗五怎么还不回来？想到这她就气不打一处来：这人整天东跑西颠，忙里忙外为的啥？特别是宗五出去这半年她里里外外地忙碌，没谁能可怜她，一个才两岁的女儿在她姥姥家，她每星期得去看两三次。为忙家务，她瘦了五斤，眼角纹也悄悄地爬上了她的眼角。宗五回来后，她催了他几次去看闺女，把女儿接回来，这才像个家，才有家的气氛。可半月了他一次也没去。她又想到了男女之间的那事，还不到30岁的人，哪能不想男人。可也怪，不见不想，见了又想。男女之事中不可言状的舒服使她想起来就回味无穷。她又想前两年初恋时，由于双方控制不住自己的感情过早地偷吃了禁果。那时三天两头约会、折腾，是不是宗五的身体在婚前折腾得太多了，现在不行啦？不会呀？人家书上写的天天都折腾也没事呀？她不明白，真的不明白，在宗五回来的当天晚上，她给宗五炒了两个小菜，下了一碗香喷喷的、实实在在的鸡蛋捞面条，而且又特意打了两个荷包蛋埋在面条下。就在宗五吸吸溜溜吃捞面时，她已到了卫生间，哗哗啦啦冲了一阵子，而后把香水喷到需要喷的地方，睡衣一披钻进了被窝。

　　她在等他。

　　说不清她在床上翻了多少遍，可宗五一点睡意都没有，在那里磨磨蹭蹭。在她觉得身边有窸窣的声音时，宗五已穿好衣服准备出去。

　　"天亮了，我到街上买点菜！"宗五说。她不知道宗五是何时上的床。怎么一觉睡到了天明。也难怪，宗五在外边半年没挣到钱，心里当然不痛快，加上坐火车一路奔波够劳累的了。改天吧！她安慰自己。

　　等她梳头、洗脸、描眉等一系列女人早起必备的程序后，宗五已把热腾腾的饭菜端了上来。宗五说："这半年，我不在家，让你受苦啦！慧！今天我来犒劳犒劳你。"就凭宗五这句话，慧就满足了。其实女人就像一首歌里唱的那样，女人是很好骗的。这时的慧感到一股暖流流遍了她的全身。她含情脉脉地望了宗五一眼，心想，丈夫还是理解她的，还是疼她的，知妻者，夫也。

　　放下饭碗，宗五说："我今天上午有点事，回来得晚一点，如果11点半不回来，就不要等我啦！"慧用柔柔的期待的目光看着宗五："你才回来能有啥事？能不能说出来让我听听？"

宗五躲闪着慧的目光。他不敢碰见慧那双柔柔的、一看就使他会浮想联翩的眸子，那样，精神防线就会崩溃。他说："没事，没事！刚才，我在街上买菜时遇见两位过去的同学，约定今天上午到一起聚一聚。"

慧说："我已向单位请了假，你刚回来，就不能在家陪陪我吗？"

宗五说："另外，我还想找同学办点事，改天我再跟你细说。"嘴里说着，手已拉开门闪了出去。当时，慧真怀疑起自己的男人，怎么不和婚前那个一样了……那时，宗五殷勤得像哈巴狗一样，你看，就这才出去半年，就揣摸不透自己丈夫的心里想的啥了。她脑子里像电影一样一幕一幕地闪现着、过滤着。腾地她想起来啦，在她需要他的抚爱时，他嘴里叽里咕噜地不知道说的啥，好像是说对不住她？怎么个对不住她，难道他又在外找了个二房不成？她又想，这半月来，他没有挨过她的身子，原来可都是他主动，她被动的呀！回来的这半月她多想得到他的温存啊！可是，他白天有事，一出去一天，晚上有时不回来，有时回来晚了是12点后，她才朦朦胧胧感觉到他回来了。她想要，可他说太累了，休息吧，明天！明天，明天！宗五哥有病了你咋不说一声？霞的声音又在耳边响起。他早起不是说到同学家有事吗？她立即向他几位最要好的同学打了几个电话，都说没见他，其中有两个同学说根本就不知道他啥时从南方回来的。这里边一定有鬼。想到这儿，慧伸手抓起扔在沙发上的钱包，拉开门，"啪"地锁上，蹬蹬小跑似的向北关康利诊所走去。

时令虽然已进入四月了，早上还是阳光灿烂，上午说变就变了。呼呼的北风夹杂着砂粒吹打着行人的脸，天上乌云遮住了阳光，使不少穿着短裙的女同胞抱着膀子、弓着腰来去匆匆。幸灾乐祸的男人称这叫大冬天穿裙子——美丽冻人。慧的心情在这种天气的搅合下，更是恶劣。她往日的贤惠、温柔大度荡然无存，像打碎了的五味瓶，心里说不出来是什么滋味。她只是匆匆地、弓着背、侧着被砂粒打着的脸想着奔着。她要到康利诊所找宗五。她想，今天必须找到他，把半月来所发生的事给她解释清楚。

宗五确实在康利诊所挂吊针哩。他算算现在已挂了半月的吊针了，这不，才有点见轻。下身不流脓水了。宗五是个重感情的人，想想贤惠的妻子及天真无邪的女儿他心里就愧疚得吃不下饭，睡不好觉。但事已至此，后悔晚矣。

他又想起了那一夜：他和车老板喝过酒后，到靓女发廊按摩，有一个叫小静的，不知是她的真名不是。干美容美发的有多少叫真名的呢？一个男人在外，特别是一个单身男人，结过婚的男人，尝到了女人的好处便守不住自己曾经许下的种种诺言。什么洁身自好，早已被抛到了九霄云外。在小静按摩中间，他那半斤酒已在他的下半身膨胀开来，手也不老实了。就这样，他和她上了床，拧在了一起。那夜她问他："你没搞过女人？"

宗五说："我搞过！"

静说："搞过怎么这么笨？不是轻车熟路吗？"

宗五说："笨啥？这不是进去了吗？"

静说："心虚了吧！"

宗五说："在这里我怕谁？"

他们折腾得大汗淋漓。

风平浪静后小静说："你知道和我们这样的女人睡觉是不能动真情的！"

宗五说："为啥？"

小静说："女人是很坏的，动了真情你要受感情折磨的！"

宗五说："我知道，我甘愿受折磨！"

半小时后，宗五摸着小静又要，小静说："你不怕嫂子审你吗？"

宗五愣怔了一下说："她在老家哩，知道哪关逢集！"

静用手指杵了一下他的额头说："你真是一条饿狼！"

后来他又去了几次。有一次完事后他掏出200元钱给她，让她买件衣裳穿，她接过钱揉了揉，朝着他的脸上猛地砸了过去，狠狠地说："你把我当成鸡啦？我不会出卖肉体的，谁也不欠谁的。"

有人说：重感情的人是情种。宗五就是这样。他在一次长途拉货中，在路边店里遇见一位小姐特像小静，他就和人家热乎上了。结果力也掏了，又白白地扔了200元钱。200元钱是小事，回到家后就感到解小便时尿道有点刺疼。当时想没啥大事，喝点消炎药不就好啦。又过两天，小便流起了脓水，这下可把他吓坏了。和小静一说，他看到小静脸上的肌肉颤了颤，随口一个：

你这个不要脸的东西,一个响亮的耳光也飞了过来,打得他脸上火辣辣的。从此小静便不再理他,和他一刀两断了。每每回忆起那一记耳光,脸上就像火烧火燎般难受。他曾发誓如果下次出车再路过那里,非把那臭屁货的窟窿撕叉不可。哑巴恨该发发,可病在自己身上,罪谁替你受?再说事真到头上你敢吗?这不,小腹又疼了,这种事又不敢太张扬,真是苦不堪言。思来想去还是回老家治治再说。可没想到治疗这么长时间,疗效这么慢。

他后悔在外自己太放纵自己了。在家像热锅上的蚂蚁一样,坐也不是,站也不是。他不敢看慧那双含情脉脉的眸子,怕控制不住自己。在诊所里挂针又怕被熟人碰到了问得了什么病,咋回答?夜里他回去得晚晚的,有时就蜷缩在一楼的楼梯下边,等到家里的灯光熄了,估计妻子睡熟后他才敢轻轻地开开房门,轻轻地掀开被子,轻轻地脱衣睡觉。有时被子被妻子压在了身下,那他就只好蜷缩着,歪在沙发上睡一夜。就这还要装着在床上睡、起得早的样子,或者刚刚从外边喝酒、打牌才回来。他不敢沾妻子,如果再传染给妻子,那可是丢人败德的事。可是,有几次妻子在翻身,手搭在他胸上,嘴里含含糊糊喃喃地要他的时候,都被他拐弯抹角地借故蒙骗过去了。这度日如年的日子真难熬啊!"医生,有人在这里挂吊针吗?"宗五浑身激灵灵打了一个寒战。这不是妻子慧的声音吗?他脸色发黄,额上的汗珠出了密密一层,心跳得几乎要蹦出来。

"你找谁?"女医生问。

"俺邻居刚才说我丈夫在这里挂吊针,我来看看。"

"里边床上有位男同志,你看是不是!"

外边的对话字字都揪着宗五的心。为了不让人知道,他是特意让医生给安排在里间,慧无论如何也不会知道我在这里挂吊针。这个千刀万剐的邻居是谁?针才下三分之二,躲又来不及,也没地方躲。他听到脚步声在向里间迈进,忙用胳膊盖住双眼装熟睡状。

她到了里间。

她站到了他的床前。

他闻到了慧身上散发出来的那种熟悉的气息。

她轻轻地坐在床边上,用手给他理了理衣襟。他心里猛地一股热流涌遍全身。

"是你孩子爸？"女医生探过头来问，又忙过来看输管。有啥反应没有？

"他得的啥病这么严重，还需挂吊针？"

女医生忙掀起宗五压在脸上的胳膊："怎么出这么多汗？难受吗？"女医生边说边迅速地拔掉针头。女医生用手指小心翼翼地掀开宗五的眼皮。这一掀，宗五的两行热泪像开了口子的河水，顺着眼角泻了下来，随之便呜呜地哭起来。

女医生愣住了。

"五，你得的啥病，也不告诉我一声？一个人跑到这里挂针？"慧心里酸楚楚的，说话嗓门也哽咽了，几乎要哭。"说呀！"慧边问边用手擦去他眼角流出的泪水，她的眼泪也不觉地滴落在宗五的脸上。

宗五感到妻子的温存，越发痛苦，半天才吞吞吐吐地："我，我，对不住你，慧，请你原谅我。"慧真的莫名其妙了，脑子也"轰"地一声。夫妻之间还需原谅，这事又从何谈起？

慧说："咋对不住我？你从南方开车回来虽然没挣到大钱，我又不怨你。起码学到了社会经验，开阔了眼界。这段时间没照顾好你的身体，我还感到对不住你哩，这不，得了病不是。"她站起身到外间问女医生自己的丈夫到底得的是什么大病，还需要这样挂吊针。

女医生说："他自己开的方子，都是消炎的，我也不知道他得的啥病，在这已经挂十来天的针啦！"女医生话语中显得有点烦了。

慧望着宗五。

宗五望着慧。心虚的宗五把眼神撇开慧的眼，怯怯地声音："慧慧，在这里别再问了，回去后我再详细地给你解释，都是我的错，我染上了病，请你原谅我，我对不住你。"

慧眼睛瞪得大大的，她明白了，才明白，这一瞬间，一切都明白了。

她站起身，用手揉了揉湿润的眼睛，强忍着捂着脸跑了出去。女医生那双惊诧的眼睛送了她好远好远。她这才是真正的跑，有几次几乎要跌倒。她真希望跌倒了永远不再起来。这丢人现眼的风流韵事让街访邻居知道了，她还有脸见人吗？还有脸活在这个世界上吗？

跌跌撞撞，不知道自己是如何爬上楼梯的，又是如何用钥匙打开的门，又"砰"地一声关上。反正邻居都在吃午饭、睡午觉，没人看到，也没人在意她这副失魂落魄的样子。她一头扎进里间的床上，双手抱着被子把头埋在被子里呜呜地大哭起来。她从来没这样哭过。是后悔，是失望，一任倾泻。她怎么也不会想到，半年来，无论别人怎样议论；男人在外时间长了心是拴不住的，男人离不开女人，弄不好早把你给忘了。她又想到个别别有用心的男人用眼神来勾引她，用话语来撩拨她。她一点也没动过心，她是忠贞不二的呀！临行前，他俩各自的承诺，只有她始终不渝地遵守着。她又想宗五刚到家的第二天晚上，当她把手伸进他那敏感部位要他时，他拐弯抹角地不往那方面扯，后又说肚子痛得厉害，使本来就羞于张口的她哪儿还有兴致。半月来宗五的一举一动都值得她怀疑了。现在才知道他是有意躲避她。是的，他肯定得的是性病，并且还不轻。

　　性病太可怕了。她曾在一家医院的宣传画上看到过性病简介，当时她真想呕吐，浑身战栗，头皮发紧，现在想起来还心悸。

　　她不哭了，不想哭了，哭又顶什么用？她找到纸和笔，匆匆写上两句压在桌子上。她来到卫生间，抓起湿毛巾狠狠地擦擦红红的眼睛，又拿起挂在衣柜上的塑料袋，随后塞进去几件衣服。她要回她娘家去。可等她走出家门回望时，她再也忍不住，泪水夺眶而出。

　　等宗五付完了药费回到家时，家中早已人去房空。他见桌上边压有一纸条，上写着：宗五，我累了，爱情也累了，就让爱情和我一起歇息吧。

　　他感到一阵头晕，身体无力地瘫倒在沙发上，哽咽着喊："慧，是我毁了我们的爱情，毁了我们的家……"

第三辑　点亮心灯

　　时光微凉，岁月清浅，几十年的光阴一晃而过，那一幕幕过往，一段段回忆，如一粒粒种子，在心底生根、发芽，长成一棵树，开出一朵朵花，一半是明媚，一半是忧伤。生命就是从一棵落地生根的小树开始，承载着四季的风霜，世态的炎凉。人生如梦，没有梦的人生是苍白的，没有爱的世界是灰暗的。欲望是填不平的沟壑，唯有人性的光芒，如一盏灯，能照亮远方，守望初心。

让雷锋精神代代相传

社会上流传着这样一句话:"雷锋三月里来,四月里走,学雷锋就是走形式……"但笔者以为,这句话说得有些极端,如果你是一位细心人,你就会发现,每个时期都有"雷锋"涌现,"雷锋"就在你我身边,雷锋精神其实是在代代相传着。

可能好多出生于20世纪70年代的人都有过这样的经历,当有人在夜里把生产队运到地里的肥料撒了、把收割好的庄稼运到扬场里、把五保老人的水缸挑满,当时的生产队长就会四处打听,问谁当"雷锋"了。改革开放后,很多首先富裕起来的人们,从过去的不留姓名做好人好事到公开做好事,涌现出很多"雷锋"式的人物。

20世纪80年代,鹿邑县玄武镇农民崔庆义,靠自己的双手和智慧办皮革公司每年创汇500多万美元,不但给家乡闲散人员创造了就业门路,而且还每年拿出几万元的资金为村里干部发工资,减轻了农民负担。

90年代的卢保全,富了以后买车跑客运,并且在车上挂着"雷锋车"的牌子,注明对高级知识分子、离退休干部、现役军人、老弱病残等提供免费服务。"雷锋车"当时曾轰动一时,在他的影响下,很多青年也自愿加入了"雷锋车"服务行列。

2000年鹿邑县的"道德公社",是一个公益性的民间组织,从一开始的几个人发展到现在的一百多人,人员涵盖到社会的各个层面,帮患上强直性脊柱炎的小王青延续了生命;为全县406名环卫工人捐赠食用油、大米、棉靴、手套等；为 53 名无家可归的流浪人员送去了棉被、大衣、棉袄、棉裤和棉靴；为血癌病患者完颜秀敏捐款一万余元并且购买了课外读物、营养品；援助 16 岁的女孩武纪雪，使她有了继续求学的机会……他们的行为正是雷锋精神的最好诠释。

今年，不少新闻媒体又报道了鹿邑教师孙永清义务举办流动画展弘扬雷锋精神的事迹。这个四十多年来一直利用业余时间自费、义务绘制雷锋画的小学教师，教育了一代又一代青少年。有人问他图的是啥？他说，他图的就是使广大青少年能在雷锋精神的鼓舞下茁壮成长，为祖国培育出一代又一代德才兼备的合格人才！

正是有了这些人，他们在不同的岗位上，体现着自己的人生价值，诠释着雷锋精神。如果你把他们的事迹串成串儿，你可能就会悟出一个"定律"，其实雷锋精神就在我们身边延续着，它将代代相传下去。

生日，党组给我送来礼物

昨天中午，一个女孩子打来电话："请问您是侯庭长吗？"我说："是呀，请问你是哪位？"她说："今天是你的生日，首先祝你生日快乐！我是蛋糕房的，鹿邑县法院党组给你订了一个生日蛋糕。"

放下电话，我感到一股暖流传遍全身：党组考虑得真周到啊！

我在文章《生日》里曾经说过：在我还不到两岁的时候，母亲就去世了，我跟着哥嫂生活，一直到去当兵，也没有搞清楚自己的生日是哪一天。有一天，说起我的生日，我问嫂子，嫂子说具体哪一天她也说不清楚。我问父亲，父亲说："具体哪一天你去问你宝聚婶子，你和她的大儿子是同一年生的。"我就跑到宝聚婶子家问，婶子说："反正你比俺儿子大！"后来，我从部队回家探亲又见到宝聚婶子，在说到我和她儿子的年龄时，婶子又说："你比俺儿子小！"我问小多少，她算来算去也没有算出个所以然来。

多少年来，我虽然自己拟定了生日，也写入了档案，但是，我很少能记住，亲人们也很少能记住，可鹿邑县法院党组却记住了，且在这一天给我订了生日蛋糕，送来了祝福。我想，我和法院里的每一位干警在接到院党组的蛋糕和祝福时，心情肯定是一样的：在感谢党组的同时，工作中也会更加努力、团结奋进、积极进取！

从法院关心干警的文化生活说起

近日,鹿邑县人民法院拨专项资金成立了文学、书画、摄影、音乐、体育学会。这几个学会的负责人接到任务后纷纷对口联系:组织会员开展采风、体育比赛、警民联欢等项目活动,为全院干警提供了丰富多彩的文化生活。这看似小事,却受到干警们的一致好评。现在,干警们的精神面貌变了,干起工作来更有劲头了。

随着经济社会的快速发展和物质生活水平的大幅提高,文化的地位和作用日益凸显,对于每个社会成员而言,表现出通过参加文化活动愉悦身心、陶冶情操、健身益智的需求越来越强烈。在过去温饱问题尚未解决的情况下,精神文化需求相对于物质生活需求是次要的,只能维持在较低水平;当物质生活水平不断提高后,文化活动在人们生活中的地位和作用就会越来越突出。尽管文化十分重要,但在一些单位领导干部那里,却往往是"说起来重要、做起来次要、忙起来不要",对文化建设认识不够、投入不足、推动不力,埋头于其他工作而将文化工作置于一旁,顾及不到人们精神文化的需求。

一个单位要想实现跨越式发展,首先要实现思想上、精神上和文化上的跨越。很难想象,一个思想僵化、纪律松懈的单位,能有很强的凝聚力、创新力和执行力。通过文化春风化雨般地浸润陶冶,鹿邑县法院广大干警真正把忠诚、为民、公正、廉洁的价值理念渗透到了自己的一言一行之中。他们纷纷用手中的笔、手中的镜头,大力弘扬本单位的清风正气,为法院各项工作的开展提供了强大的精神动力和智力支撑。

文化建设是一项长期性的系统工程,不可能一蹴而就。这需要我们从细微处着眼,从一点一滴做起,大力构筑每个人的精神文化家园,从而促进各项工作的开展。从这个意义上讲,鹿邑县法院的做法具有现实的典型样本意义。

劝储和优质服务

常有金融系统的朋友跟我说，单位里要存钱的话到我这儿来。于是指定我存某储蓄所，末了还总要加上一句，"别忘了说是我劝储的"。有时款已存进别的储蓄所了，他们仍会穷追不舍："这还不好办？取出来再存一次不就得了！"人情难违。

那点款被分存得七零八散的。

朋友有任务，完不成任务不但不发奖金，还要扣百分之几的工资。有时是熟人托熟人，有时是朋友托朋友。其实同是储蓄所，存在哪里不是存呢，何况是拿公款落个人情。劝储，长此下去能是个法子吗？

《人民日报》曾发表的一篇报道，表扬工商银行济南分行大观园储蓄所的优质服务，说是一位老人为换一张两角面值的残币，跑了六家储蓄所均遭拒绝。到大观园储蓄所时他却受到了亲切接待，并很快按规定为他更换了两角新币。结果，该储蓄所的优质服务换来了这位老人一笔很可观的存款。这让我想起前不久家乡一位邻居大老远跑来，让我给他换一张面额五十元的残币。他说，是收购粮食时人家给的，因在衣服里洗过，皱皱巴巴的有点破了，在家乡的储蓄所换了几次都不给换，让我在县里托熟人给换一下。我跑了几家储蓄所都没有换成，最可气的是，我单位长期存钱的那个储蓄所也不给换，且营业员说的话极难听。于是在我的歉意里，那张钱无奈地又回到了他的手里。后来他说，他把那张钱存上了，因为那家储蓄所称存可以，换没门儿，他只好存上了。我听后愕然。

所有的储蓄所窗口上都明明白白写着便民和文明用语,但一些工作人员就是不照着去做。优质服务是什么?是急客户所急,想客户所想,宁愿自己麻烦一些也要方便客户,那就会赢得客户赢得市场。而类似以上我和那位邻居所经历的事,能说是优质服务吗?要我说,银行也该换换思路了——靠职员找关系劝储来扩大自己的业务,那不是长远之计,只有在优质服务上下功夫,才能赢得越来越多的客户,最终占领更多的市场来获得更大的社会效益和经济效益。

您说,是这个理儿吗?

应该复苏的人性

地球上的万物都是顺其自然生长的,如果人为地非要扭曲它、压抑它,它就会形成畸形,说白了就是变态。变了态的东西就不是个东西。人世间也如此。在那个特殊年代里,很多人因说真话而被关进了牛棚,造成了很多冤假错案,不说假话办不成大事。

从前,两个差役和一个县官在一起吃饭,言谈之中都想巴结县官。县官听了也很惬意。正谈中县官放了一个响屁,两个差役为了讨好他,一个说:"大老爷放的屁虽然很响,但一点儿臭味都闻不着。"另一差役附和说:"不但不臭似乎闻到一股香味。"县官微皱眉头,心中不悦地说:"如果放屁不臭,一定是我五脏出了毛病,我可能死到临头了。"

县官的话音未落,第一个说话的差役忙用手在空中扇了几下,然后又用鼻子嗅了嗅,说道:"臭味这才过来。"第二个差役忙用手捂着鼻子:"哎呀,这屁臭得还真很哩!"

这段讽刺溜须拍马、见风使舵的势利小人的故事之所以流传至今,是人们对那些小人的讽刺挖苦和深恶痛绝。《周口日报》曾发表董素芝同志的文章,她以《话"小人"》为题为"小人"做了分析:"小人"绝不是小人儿。小人儿是小孩儿,挺可爱的。即使讨人嫌的顽童也有可爱之处。而"小人"则不然,一丁点儿可爱之处都没有,只有可恶。如和珅和秦桧,他们最本质的特征,就是一切从私利出发,私利的核心就是金钱权势,于是乎,为达目的他们不择手段,当面一套背后一套,搬弄是非,欺上瞒下,把"黑"

当"白",把"是"当"非",以逸人、害人为乐趣。寥寥数语,把个"小人"之辈描绘得体无完肤、淋漓尽致。但人们越是憎恶"小人"之辈,"小人"偏偏越吃香,因为现实生活中,爱拍马屁者有之,爱听奉承话的领导不乏其人,这就为"小人"之辈的滋生奠定了肥沃的土壤。

  人本是万物之灵,以率真、耿直、说实话、真话而成了人,如果心里想的和嘴里说的不一样,像契诃夫笔下的"变色龙",那就失去了人的本性。我曾因说话耿直而赢得一帮兄弟的信任,嘴里没有遮拦,心里想啥随之就从嘴里蹦出来。但也因率直而得罪过个别领导。事后有好心的同志劝我,这样下去是要吃苦头的,识时务者为俊杰,看透了不说出口才是好同志,才能适应当前的形势,才能得到领导的信任。我是吃过苦头的,因为爱写批评稿遭到领导的追查,因为爱说真话差点把饭碗搞砸了,因为……但是,我想假如大家都那样,该坚持的不坚持,该说的真话不说,望着领导的眼色行事,那党的原则还要不要?人格还要不要?世界上还有真正的人吗?

  知无不言,言无不尽,有则改之,无则加勉。这是提倡让人畅所欲言发表意见说真话的。但说归说,现在我因说真话跌了几次跟头,遭了几次小挫折后,也变得安分了一点,该说的我也不敢说了,有时话到嘴边又咽了下去,吐出来的是违心的,外加点奉承的言辞。但是我这倔强的性格还会时不时地显露出来。常言道:江山易改,禀性难移。加上还有先人发明的"酒",酒壮英雄胆,"喝了咱的酒,见了皇帝不低头"。有时我也常借着酒威鞭挞那些社会上的丑恶现象,弘扬正义之举。因为我常想:人性是不能泯灭的!

警惕身边专吃这碗饭的人

今天,我拿着材料准备到打字室里打印,路过院长办公室门口。

院长:"路主任,来来!"

"有事?"我进了院长的办公室。

院长:"路主任,以前办公室主任的权限我了解过,但是,据我了解办公室主任的权利是负责上通下达和院里的后勤保障工作,……对于20~30元的权利可没有过!"

我愕然。我问院长这话是啥意思。

院长说:"你在给别人说原来的办公室主任都有20~30元的签字权?"

我明白了。

昨天,我让办公室里的同志把桌子、窗户玻璃都擦了一遍。完事后,大家又天南海北地胡侃一气。一同事问我,大家忙了一上午,中午咋办?

我知道这是同志们在开玩笑,就说:"我安排呀,四个菜,一瓶酒!"

"回去怎么向嫂子交代?"

"这还需要请示汇报吗?自己就消化了!"说着,一同事神秘地说:"主任,你可不知道,原来的主任可有20~30元的权利,同志们有时加班,吃点加班饭,主任一签字就报销了!"我当时就说了一句,如果有20~30元的权利,我也经常请同志们吃加班饭!

看看,我这不经意间的一句话玩笑话,不到24小时就传到了院长的耳朵里了。

我给院长解释:"年轻人到一块儿能有多少正经话呀?不就是在一起胡诌瞎扯吗?"

好说歹说,院长似信非信,我憋了一头汗出了院长的办公室。

常听人说有些"小人"级的人物不干工作专靠打小报告给领导,没想到,办公室里就5个人,这小小的办公室里还真有专吃这碗饭的"小人"哩!

《周口日报》扶我走上写作路

我是从写新闻起步，尔后发展到写小说、杂文、散文、报告文学等，并加入了河南省作家协会，成了省作协会员。这中间的路程是靠自己的勤奋努力，更主要是靠《周口日报》这块儿阵地，使我在新闻、文学这条道上走得更快更畅。

说实在的，国家级的大报，如《人民日报》《光明日报》《农民日报》等，全国各地都有他们自己的记者站，很多国家都有他们的驻外新闻机构。那么多的记者，那么多的业务、专业通讯员都眼睁睁地盯着，都想占有一席之地。省级报如《河南日报》《河南日报农村版》，各地市都驻有记者站，那么大的一张报纸，去掉会议报道、国际新闻、专版广告，真正发稿哪有你业余通讯员的园地？邮寄去不少稿件，真正能发出来的，不是填报缝就是被编辑删成了一条面目全非的不起眼的简讯。就这一年也发不了三两篇。

而《周口日报》创办十年来，我在《周口日报》社老师们的帮助下，文章上过《周口日报》头条，发过一两千字的文学作品，有新闻，也有散文，有小说，也有杂文，《周口日报》成了我奋笔勤耕的园地，成了我结识文友的桥梁。

忘不了负责副刊版的张保安、杨雅萍两位老师，在他俩的帮助下，我发表了在鹿邑稍有影响力的《酒乡酒人酒事》《乡情》《无题》等散文和小说，这些文章又相继在《河南画报》《河南日报》《农民日报》《厂长经理报》上发表；忘不了法制版的张新安、童晓霞、李辽三位老师，经常鼓励我，指点我多写一些案例方面的文章；忘不了祝培星、周正贤两位老师，在他们的帮助指点下，几篇报告文学被收入《崛起在这方热土》报告文学集里；忘不了那些见面就称兄道弟的老兄小弟……

是《周口日报》使我认识了这些老师、这些文友；是《周口日报》使我在新闻文学这条道路上越走越成熟；是《周口日报》使我在当地成了写新闻的新闻人物。

如今，我虽因工作所困，写东西少了，但在工作之余，我仍不断提笔，为曾培育我成长的这块儿自己的阵地搞点文学，每天仍把《周口日报》从头到尾看个遍。因为是它使我在写作这条道上从幼稚走向成熟，也是因为它向读者反映的是自己身边的人、身边的事，展现的是本地的新人、新事、新景象，更使人喜爱的是，因为它是自己的人写的文章、自己的人办的报。

在《周口日报》创刊十周年之际，我衷心地祝愿《周口日报》越办越火、越办越贴近群众，在报业林立的竞争中更上一层楼。

追求成功

人生的成功就是一个人一生孜孜追求的目标。目标的宏大与渺小不全在于一个人的能力，但只要他在自己力所能及的基础上，通过奋斗、拼搏，最终为社会和人民做出了某一方面的贡献，实现了自己的奋斗目标，也就体现了他活在这个世界上的价值，这也是他最成功的地方。

70年代末，有人发出的"人生的路，为什么越走越窄"的感叹，引起了很多青年人的共鸣。我也曾徘徊失望过，但我对自己的价值总不死心，我要体现我的存在，体现我存在的价值。我那美好的光阴已被那个年代耽误了，失去的永不再有，对社会埋怨就能挽回那失去的青春年华吗？自强使我不甘随波逐流，所以我毅然选择了部队这所大学校。在这所大学校里，我不但学到了书本知识，也懂得了人生的价值。我从迷惘到清醒，从埋怨到奋起。我深知，在这个世界上我只是沧海之中的微不足道的一分子，说不定什么时间就会消失。我深知人生的短暂，为了填补知识上的不足，我利用业余时间阅读了大量的书籍，上了函授，参加了自学考试，企图以此来充实自己的生活、丰富自己的知识，挽回自己所失去的东西。为了体现自己存在的价值。我选择了创作，直到退伍回乡我仍坚持写作。在生产队你是一个棒劳力，在劳动之余你如果像众多的青年一样，有点小空来扑克、下五道方，他们没什么异议，但如果趴在屋子里看书学习、写作，间或向报纸投寄稿件，他们会用别样的目光瞅你，背后议论你。我读书学习，他们说不务正业，我写作投寄稿件他们说我心比天高，命比纸薄。如果意志薄弱，足以使你丧失追求下去的勇气。这些话出自外人还可理解,可有些话偏偏出自自己的亲人之口。我曾问苍天:谁能理解我的心?

后来,为躲避这冷嘲热讽,我到了新疆。在新疆打工期间,当我的第一篇豆腐块式的文章发表后,我欣喜若狂,把发有自己文章的《新疆日报》纷纷向亲人、朋友寄去,向他们证实自己的存在,以求得他们对自己的理解。青年作家南予见曾对我说,要想成功你必须具备三气,即志气、才气、运气。1980年至1984年,我先后在《人民日报》《河南日报》《家庭生活》等报纸杂志发表散文、杂文、民间故事各类作品百余篇,多次受到省、地有关部门的表彰,受到了地委宣传部、县委宣传部和乡党委领导的重视。1984年经考试转为国家正式文化干部。1986年调入县委宣传部工作后,更适应了我的爱好。十多年来,我先后在全国各地报纸杂志上发表了大量新闻和文学作品,有些作品还获了奖,并在社会上产生了一定的影响。

如今的我成功了吗?算成功了,但这只能算是一个小小的成功。想一想,说不出的酸、甜、苦、辣。翻阅发表的那些作品,我总感到有一种紧迫感逼着我向前冲刺。光阴荏苒,岁月匆匆,时至今日,我对自己所走过的路一点也不满意,因为,我至今还没能发表过一篇有分量,令我最满意的作品。过去的永远过去了,我的人生价值还没有从某一个方面体现出来,我仍在拼搏、在奋斗,在追求我认为自己的真正具有人生深刻价值的成功。

朋友相聚话假酒

一日，几位朋友到一家餐馆小聚，菜上来了，服务员拎上来一件"名牌"啤酒，有人提议说："名牌喝不得！"问其缘由。曰："越是名牌酒假的越多。"一席话，说得在座的朋友目瞪口呆，愣了半天，大家便纷纷说："那就喝郸城啤酒厂出的'麦饭石'和'郸狮'，人家的质量可靠，喝着可口，有营养价值，又物美价廉。"

小聚过后，我心里想了很多，当今是信息时代，市场上的一点小小的波动，就会影响一个企业的兴衰。有的厂家却忽略了这个极其重要的环节。产品上市，就好比嫁出去的姑娘，泼出去的水——不管不问。有的厂家认为，我的产品是名牌，不愁销不出去。殊不知，就在你高枕无忧的时候，一些造假者已钻了你的空子，以假充真、以次充好，或盗用名牌标签……等你明白过来，你的产品、你的牌子已经声名狼藉，无人敢问津了。吾以为，生产厂家应当经常到市场上走一走，了解自己的产品在市场上和消费者心中的地位，跟踪调查。只有这样，你既可及时根据行情更新自己的产品，又可在遇到假冒者时及时求助于工商部门、法律机关予以打击。在这个环节上你虽然花点精力财力，但你企业的生命却会永存的。

如此售后服务

家乡有两位青年农民从广告里听说××客车物美价廉，东借西磨了三万多元钱在周口一家农用车辆厂买回一辆。谁知没开到一个月，车便不能动了。找到厂家修了一回仍不能正常运行。第二次找到厂家，一副厂长说："没大问题，叫技术员一会儿就修理好了。"笔者就上前问："厂长，你看都没看咋知道没大问题？"答曰："我生产的车我当然知道！"可据笔者所知，我县买该厂生产车的用户大都让该厂返修过。

在检修过程中，技术员说："这纹丝吊垫爱坏，质量不合格。"笔者说："为什么用不合格的产品？"这位技术员竟答出"现在生产的零部件能有90%的合格就不错了"的话。旁边的那位副厂长指着墙上说："你看看这是我们的售后服务措施，保修三个月！"我说："那三个月以后呢？"厂长嘴里咕哝了半天也没有说出个所以然来。

天黑了，走不了了，农村人出门又没有常带身份证的习惯，住哪里呢？我们又找到那位副厂长，副厂长说："我们这里没有旅社，你们自己找去吧！但你们得留一个人陪着技术员修车，修好后好和技术员一起试车。"已是晚上七点多钟了，没吃饭，天又冷，他们二人每人只穿一件单衣，抱着膀子，冻得瑟瑟发抖，但仍小心地对那位副厂长说："俺不能陪他到半夜，陪他半夜怎么回旅社，再说现在连旅社的影子都没有，还不知道住哪里呢！"但这位副厂长骑上自行车转身就走。

以质量求生存，以效益求发展，一个厂家只有靠其过硬的产品、良好信誉、及时的售后服务，才能赢得广大用户的信赖，才能经久不衰。那些广告说得天花乱坠，把产品卖出去就万事大吉的厂家，我敢说，是维持不了多久的。

第三辑 点亮心灯

上当一回

有一位朋友到了科级，工资的档次也到顶了，而且通过努力也获得了某名牌学校函授的毕业证书。但为了自己的虚荣心，他还想弄一个名牌大学的毕业文凭。于是，他就一步步走进了骗子们设置的圈套。

一天，他看到县城电线杆上写的速办证件的手机号码，便喜上眉梢，拨通了一个手机号码——

"喂，请问办一个云雾大学的毕业证书要多少钱？"

"很便宜的，100元。"

"多长时间？"

"半个小时！"

"怎么个办法？"

"把你的资料、照片和10元钱装进信封里，写20号信箱收，放进邮局门口的那个邮箱里就可以了！"

朋友按对方说的做了，做完后便给对方打了手机。对方说："好了，你现在就到农业银行门口等20分钟。"

朋友就到了农业银行门口。

20分钟过去了，30分钟过去了，一个小时过去了……

朋友耐不住了，于是打手机问个究竟。对方说："毕业证做好了，你把100元钱汇至某某账户上！"

朋友把100元汇了过去。

对方说："账户上的余额是多少？"

朋友如实按银行给的汇款回执上的数字说了。

对方说："可以了，你拿着银行给你的汇款回执到银行门口等一个小孩去和你接头，你把回执交给小孩，小孩就把毕业证给你。"

朋友就像地下工作者一样，又在银行门口等啊等……

朋友等不及了，又拨通了对方的手机。对方说："你往某某手机上打，问问怎么回事。"

朋友又拨通了另外一部手机，对方说："你往另外一部手机上打。"

朋友就往另外一部手机上打，打了半天，终于拨通了手机，对方说："为了证明你的诚意，你必须再往先前的那个账户上汇500元钱的保护费。"

朋友问为什么？对方说："我凭什么相信你不报告公安局呢？"

朋友说："我怎么能相信你不是在骗我呢？"

对方说："骗你不得好死，我们做生意讲的就是信用！"

朋友又汇去500元，加上先前的100元，一共600元，浪费的手机费不说，最终连个人影儿也没有见到。

朋友这才想起在往邮箱装信时，发现那个邮箱是坏的。当时他是拉开邮箱的门放进去的。

他确认自己上当后，立刻决定回去看看邮箱里的信被取走了没有。

朋友跑步到邮局门口，拉开邮箱门一看，那封信还原封不动地放在那里。

骗你没商量

春节过去一个多月了，每每想起年前那件事，我就有一种被愚弄的感觉。

年底，我约一个朋友回家。因为车票涨价，我薪水低，想乘他的车省几个钱。想不到朋友在电话里说："今天走不了，省电视台晚上搞春节晚会首排，我给电视台拉了两万元钱的赞助，他们给了我10张票。咱们一起去看看，饱饱眼福。"

现场排演我还真没有见过，原来春节晚会都是提前排好的啊！我便决定留下来和朋友一起看电视台的排演。

朋友来后，我说还没有吃晚饭哩，他说："时间来不及了，看过以后再吃吧，晚了人家就不让进去了。"我只好匆匆忙忙往电视台赶。经过门岗检票来到了现场，发现人们早就到了。熙熙攘攘的人们正在议论舞台上的电视屏幕和来回走动的演员。

过了半个小时，还没有动静，人们就鼓起了倒掌。这时，导演也沉不住气了，便拿着话筒喊："观众同志们，先别急，下面我给大家来个脑筋急转弯……"

大家不愿听，又鼓起倒掌来。导演只好下去了。又过了半个小时，人们又鼓起倒掌来。台上仍然没动静，只有演员来来去去。此时，我也产生了要走的念头。

朋友说："不能走，电视台的人拉赞助拿了俺厂里价值两万元的东西哩，就给了俺10张票，这一张票2000元哩！"这时突然从外边进来几个西装革履的人，工作人员带头鼓起了掌。后来才知道，是台领导来观看节目。

几分钟后，主持人出来讲话："观众朋友们，春节晚会现在就要开始了，有手机的观众请把你的手机关掉，以免影响节目录制效果。为了增加节日的气氛，请大家鼓掌！"

这时，两台录像机的镜头来回在舞台上空扫来扫去。主持人看气氛不够，又鼓动观众："观众朋友们！镜头都要照顾到的，鼓掌……"

排演断断续续地进行，主持人连台词都不熟练，说话结结巴巴的。这2000元的一张票，走，又有点可惜；不走，实在等得不耐烦。苦熬了三个多小时，总算结束了。朋友说："你注意看春节晚会，你和我还有咱们的产品是否都上了镜头。"

春节到了。电视台的晚会开始了——

领导走进场的镜头。

电视台院内，红地毯铺地，彩灯辉煌。

春节晚会开始了。

领导的镜头，演员的镜头，观众的镜头……从始至终，没有看到我和我的朋友。这不重要，主要是我朋友手里高举的两万元赞助的条幅也没有。春节过后，朋友打手机过来说："我得找他们去，两万元连个影儿都没有。怎么能这样骗人……"

我只好暗自叹息：欺骗了你的钱财，浪费了你的感情，这就叫骗你没商量。

狗眼看人低

"狗眼看人低"这句话是什么意思？查网上的解释：本人(对不起，我不是人，我是条地地道道的狗——是条标标准准的憨狗)、本狗天生身高不足二尺，狗眼看人低：势利小人凭借主子的霸气，狗戴官帽——充作大人物……

最近，几位朋友闲聊，一朋友说："我前天遇到这样一件事你说气人不气人。我和单位的一位同志去街上买办公用品，正好见司机半半开着车上街，我们俩人便乘了车。车行至离街上还有500米的时候，司机半路刹住车说：'我要去接领导的，下车吧！'看看还有这么远的路程，天气炎热，我俩再三要求也不行。按常理，司机点一点油门就到了，可是他偏偏非要我俩下来不可。想想算了。现在不就是这样吗？干事情的没有车，不干事的坐好车！当官的咱不说，司机本来就跟咱一个球样子，就因为跟着领导开车，自认为身价比咱高几分似的。"另外一朋友接着说，这是不是狗仗人势？如果不是，那就是地地道道的狗眼看人低，这是啥世道呀！"另外一位同志说，弟兄们别生气，因为他也遇见了类似这样的一件事，事虽不大，大伙评评看这是不是也叫狗眼看人低：

单位里为了加强组织纪律性，先后采取了点名、抽查、按指纹等办法。因单位大，人员多，再三强调仍有迟到和不上班者。主要领导不满意。不满意有什么办法，一年365天，自己不能天天跟着点名呀。于是，他立即召开班子会议，重申：班子成员没有特殊情况每天必须参加点名，并且要站在前排，以示领导重视和监督。点名者，办公室人员也。且应该是品德优良之人。不然你就是到了，应了卯，他对你有成见给你打了个×，一月一统计，半年一总结，单位里制定有奖惩制度，上班了他说你没有去，事过境迁，你向谁讲理去。你某年某月某日缺勤，扣工资不说，通报批评可是丢人打家伙的事情。我是个讲面子的人，这个人我可丢不起。为此，我从不无故缺勤、迟到。就是家里真的有事情了来不及参加点名了，便习惯性地向领导打电话请假，说明自己晚去的理由。

　　一日。早晨7点多，我急匆匆正欲赶车上班，忽见单位接领导的小车停在门口，便和司机打了招呼乘车。车到领导门口，领导还没有出来。半小时过去了，时间已是7点56分钟，仍不见领导出来。上班点名的时间是8点，催促领导上班是当小兵子的一大忌讳，司机更甚。司机便用手机向办公室的一位负责点名的同志说明了我们仨人的情况。我心想，跟着领导晚了一会儿不能按缺勤对待呀，更不能挨批评。再说还有司机哩。到单位晚点了自不必说。

　　时过数天，无意中看到了单位里的点名册。随手翻到了我和单位领导、司机那天的上班情况：领导√，正常上班，司机√，正常上班。唯有给我画了个×。领导没有缺勤，司机没有缺勤，唯有我缺勤了呀！这是谁点的名？我虽不能和领导相比，就不能和司机比吗？办公室的这位点名者，是什么心态？我愤愤不平。后来想想，争什么呢？现在这样的人多了，出现这样的事能少吗？这是不是叫狗眼看人低？如果是的话，我跟这样的人能争出个所以然来吗？

　　大家无语。

执行日记

（故事纯属虚构）

一

有一兄弟来法院执行一起债务纠纷案，要求当地法院配合执行，执行标的是十万余元。当事人提供被执行人在农业银行有存款，领导安排我领着他们去农业银行某某营业所接头。所谓的配合执行，也就是带着兄弟法院去认认门，在遇到阻力的时候协助兄弟法院执行。因协助兄弟法院执行我吃过苦头，便和领导商量是不是让别的同志带着他们去。领导说："你是从那个单位出来的，里边的人你都熟悉，带着他们接上头就回来了，这能有啥？"想想也是，不就是接个头吗？

我坐上兄弟单位的车走到一半路的时候，我还是有点担心（事后我才感到当时的担心是多么对呀），感到不合适，但是我这时下车也不合适呀！一瞬间，我曾想给银行某个认识的同志打个电话，可惜来不及了，已经到了银行门口。和银行的领导接上头后我便溜之大吉。

时过月余。

一天，银行一位行长打来电话："你来银行办公室一下！"

我知道这位行长有背景，忙问："有什么指示？"

行长："你和你们的院长一起去××法院要人！"

我问："咋啦？"

行长："是这样的，昨天××法院把我行的营业所的×××主任带走了,你和你们副院长×××一起要人去!"

我说:"要人怎么让我去?"

行长:"你不去谁去?是你领××法院的人把人抓走的!"我吓了一身冷汗。我的天呀,犁不住也得耙住我,就这么粘上我了!

我立即找主抓执行的领导理论:"是你让我去的,你去给银行领导解释去。"领导说:"拒不配合法院执行,不拘留他拘留谁(看看大话说的多有水平)?"他话锋一转说:"让你去要人你就去,那有啥?"看看,说得多轻松!费了很多周折,总算把主任给放了回来。但是,去要人的前前后后,领导说的那些话比照着我脸上扇两个耳光还难受。有人笑话我,有人埋怨我。是呀,人说吃一堑长一智,我吃多少堑了,就是长不了智,真是没有记性。不说远的,就说最近吧。主抓执行的领导安排我去配合兄弟法院执行一个企业债务纠纷案件,当时我因为有事没有去,我就安排了一个同志替我去了。我想,不就是做做向导吗?在兄弟单位查封了该企业的账户后,院长给替我去的同志打电话,问:"谁叫你去的?"答:"路庭长让我去的!"当时我想是谁叫我的呀?院长:"立即给我回来!"事后我才知道院长的难处:县委领导打了电话,这是我们县的重点企业,你怎么可以安排人去配合其他法院的执行该企业?从此,我也暗自发誓,以后再不能干这样的糗事了!

我这不是还在干这样的糗事吗!

事情过去很久,我也把所受的委屈给忘了。一天,法院召开全体干警大会。为了提高大会的规格,领导请来了主抓政法的领导来做指示。领导在讲话中其中有这样一段话:"……个别干警肩章一带可了不得了,在县里各机关单位里摆架子,你吓唬谁呀你?是你领着外地法院把人给我抓走的,你去给我要人去!"干警们交头接耳,有人在瞅我。我脸憋得通红,正要发作,想质问你作为一个主抓政法的领导,这样讲话失不失你领导的身份?难道是我把人抓走的吗?这时,我看到院长在看着我,我冷静下来。

会议结束在下楼梯的时候,院长安慰我说:"不要介意,领导不了解情况!"

看看,我受了这么大的委屈,还不让我介意!

二

我曾在我的一本书的后记里这样写道:"在这鱼龙混杂的年代里,一些势利小人也得了志。我知道尘世间就没有纯洁的地方,但这些个势利小人是中山狼啊!中山狼要是得了志,对社会后患无穷。作为一个作家,作家的责任是什么?在文章里我也力求用我手中的笔去鞭挞这些个狗仗人势的势利小人。但由于水平有限,加上一些客观上的因素,写出来的东西真的没尽我意,没尽我意啊!"当时我想,多行不义必自毙。中山狼和那些个狗仗人势的势利小人终究是会得到报应的。在我写这一篇文章的时候,我这篇文章里边所提到的那位法纪科长因违法乱纪已被免去了科长职务。正应了百姓中流传的那句话:报应!

案件回放:

原告甄有礼诉被告贾卫丰债务纠纷一案,1997年判决书判决被告贾卫丰偿还原告甄有礼33784元。判决生效后,被告拒不履行。原告立案执行。法院按照程序对被告下发了执行通知书后,被告四处躲避执行。直到2004年10月法院办案人员在原告提供信息的情况下,才找到被告贾卫丰。贾卫丰百般抵赖,辱骂办案人员,办案人员在给贾卫丰记笔录时,被告的丈夫(检察院干部)闯进法院执行庭办公室,夫妻二人把原告按倒在地,对原告进行拳打脚踢。原告的面部、肋部、头部被打伤。被告的丈夫一走了之。事隔几天,检察院法纪科长荀思打电话给办案人员,要求把甄有礼诉被告贾卫丰一案的执行卷送到检察院。执行人员说调卷可以,把调卷手续拿过来,经主管执行的院长签字后再给你们。这一下可触怒了检察院法纪科的荀科长。他打电话让办案人员到检察院里去说情况。办案人员一行二人到了检察院后,荀科长对另外一名法院的同志说:"你回去把卷拿过来。"他转身对他手下的人说:"你给'路边草'记记笔录!"另外一名法院的同志说:"我回去拿卷有什么手续?荀科长立即安排手下的人说:"给他开一张调卷函。"办案人员说:"我们拿着你们的调卷函去找我们的领导签字调我们自己的卷,这恐怕不合适吧?"我接着说:"你给谁记笔录?我们有什么错误?你不经我们领导批准就传我们来?"

我们愤愤而去。

回到法院，我们向主管院长做了汇报，主管院长看了执行卷后，认为案件正在执行中没有必要调卷。有什么问题可以到法院来解决。当天下午，荀科长又给执行人员打电话。执行人员向荀科长说明了主管院长的意思。荀科长不愿意了："我是让你来检察院把情况说明！"语气威严又霸道。执行人员感到问题严重了。法院领导都怕检察院，何况是一个搞执行的一般干警？于是便抱着被子前去检察院受审：能回来就回来，不能回来就进监狱，到时候不需要再回家拿被子了。

办案人员始终不明白：正常执行一个这么小小的案件到底犯了哪门子法？

上班了，荀科长不给面见。正在等待，突然，110拉着警笛围住了办案人员。他们又是拍照又是记笔录（事后我听公安局的同志讲，你们怕他们，我们更怕他们。我们不去不行呀，他们要追究我们责任的）。后来，办案人员才知道，法院领导打电话要我立即回法院。就在办案人员回法院的路上，检察院个别人命令110拦车堵截，不让回法院，要把办案人员置于死地而后快！办案人员心里也明白：调卷的目的不就是拖延执行时间吗？但是，就是你把卷调走了，你能拖到驴年马月呢？可是这一件事却严重损害了执法关在人们心目中严肃执法、公正执法的形象！后来，该案件在人大领导的监督下，终于结案。

就这么一个小小的一个案件，看看法院在执行中所遇到的来自方方面面的阻力，你说执行难不难？后话：令我欣慰的是经常为该案件而告状的甄有礼在见到我的时候，我问他为什么不去告状了？他说："这是天意，我的案件执结了，违法乱纪的人受到处理了，我还告什么状呀！"

三

执行中，法院执行员在穷尽一切手段案件仍然执结不了的时候，也就是在做到了仁至义尽，被执行人仍拒不履行，那就要强制执行了。所谓的强制执行，就是限制被执行人的人身自由，让人们所说的"老赖"在拘留所里自我反思，以此达到履行判决书所确定的义务。通过限制一些"老赖"

的人身自由，有些"老赖"顾及面子自动履行了判决书所确定的义务，而有些"老赖"知道了法院的权利："不就是15天吗？"甘愿在拘留所里待15天。出来后，仍然拒不履行。真正成了地地道道的"老赖！"

有些"老赖"说："不就是15天吗？啥时间让我去，给我打个电话我就抱着被子去了，大老远的路让你们几个法官跑来跑去的，我于心不忍呀！"

"欠人家几个钱，不够杀头的罪吧！"

"咋着？没钱，要命有一条！"

"我就这一处房子，我的生活必需品。法律规定你不管执行！"

自从规定拘留所不让收费以后，法院送人更难了。

郑峰诉刘奇债务纠纷一案件，2008年9月18日生效，2009年1月16日立案执行。在对被告刘奇下发了执行通知书后，刘奇拒不履行。后来，办案人员多次做被执行人刘奇的思想工作，讲拒不履行法院生效的判决书的后果，被告仍拒不履行。经给主抓执行的领导汇报后，决定对其司法拘留15天。手续办好正准备送走，一领导说："我不是来说情的，你看让他订个计划，能不能缓两天让他回家向亲戚家借借？"有一位同事，人没有到手机已经打了过来："老领导，给点面子，让他先拿个2~3千元，放他回家准备准备，下余的过几天送过来！"

正在犹豫，原告方代理人在门外喊道："谁要放人，我明天就去市里告你们！"

我左右为难。在做不通原告和被执行人的思想工作的情况下，还是把被执行人拉到了拘留所。我和执行局副局长把手续递给拘留所里的干警。

干警："叫啥！"

答："刘奇！"

干警："多大了？"

答："35！"

干警："看你的脸色恁黄像是有病吧？"

答："是哩，我有病！"

干警："啥病？"

答："肺癌！"

干警："啥时间得的？"

答："半年了！"

干警拿起电话："所长，法院送来一个被拘留人，脸色发黄，有病历，不能收。好，好。"

干警："所长说了不能收！"

执行员："不能收可以呀，你给出个证明，我们好向领导交代。"

干警："不能出，没有先例！"

执行局长拿起电话："我是法院执行局的×××，这个案件是领导督办的案件，我把人送来了，你不收，出了问题由你拘留所负责！"

过了10分钟，又来了一位干警："咋回事？"正颜厉色地："有病把病历拿出来！"被执行人从兜里掏出一张纸递给干警。干警接过病历："这就可以证明你是肺癌了吗？不行，必须由法院办案人员陪着你去医院做检查证明后才能算数！"

拘留所干警转向办案人员说："有病我们不能收！"

执行员："你这样问一下就可以断定他有病吗？"

干警："反正我们不能收，出了问题谁负责？要不你们拉到大医院里去检查一下，有县医院的检查手续证明他确实没有病我们就能收！"

办案人员想，检查是否是肺癌可不是一天两天的事。

我们只好放人。

出得门来，拘留所门口围着很多人在等着被告。

一领导说："怎么不拘留呀……"

我的同事说："怎么，我说情都不行，怎么不拘留呀？还不是把人给放啦……"

被告："怎么？不是拘留我吗？怎么不拘留我？"

从此，该案件成了死案！

办案能手万志勇

鹿邑县法院执行二庭庭长万志勇,到县人民法院工作二十多年来,先后任助审员、审判员、执行审查室主任,连续四年被法院评为"办案能手"。

1994年万志勇同志调到了法院搞执行工作,他虚心好学、任劳任怨,对待当事人讲究执行艺术,做到说理充分,让当事人心悦诚服,很快成为庭室的业务骨干,近两年来,他共执结各类案件三百余件,办案数量在院里每年都名列前茅。

今年农历腊月二十九日的上午,当人们都在忙于置办年货时,申请人贺某提供信息,被执行人李某在家。这是一起需要的跨界执行案件。1999年6月28日晚,商丘睢阳区被执行人李某驾驶机动三轮车违规行驶,将过马路的市民王某撞伤后导致死亡。经法院审理后,判决李某犯交通肇事罪有期徒刑一年零六个月,附带民事医疗费、丧葬费、死亡补偿费共计33780元,于判决生效后5日内付清。而李某认为判了刑就不会再追究他的民事赔偿责任,出狱后一直不履行判决书所确定的义务。受害人王某的家人申请法院强制执行。因被执行人李某居住地归商丘,距离远,加上被执行人李某及其家人不配合法院执行,致使该案件拖了十多年。

为加大执行力度,彰显法律尊严,给当事人一个满意的答复,万志勇已经多次带队到被执行人所在地商丘睢阳区派出所查户口,到金融部门查存款,终因被执行人躲避执行而落空。接到报案后,执行组长万志勇丢下刚买的年货,带领本组的干警韩玉峰等三人火速赶到百里以外的被告所在村,为了不打草惊蛇，他们把警车停在村外，问清了被执行人的新住处后，果断出击，把正在做饭的李某逮个正着。当日，回到鹿邑已经是下午2点多，餐馆都关门了，万志勇带领执行干警们找到一家路边店买了几个馍，啃着干馍苦口婆心地做被执行人李某的思想工作，给被执行人李某讲法律，讲政策，讲拒不履行法院判决的后果。迫于法律的威严，被执行人李某给家人打电话送钱，主动履行了判决书所确定的赔偿义务及逾期利息共55000元。

执行这起案件的始末，受害者的家人贺某看在眼里记到了心里。当他接到办案人员递过来的执行款时，眼睛湿润了，激动地说："法院干警素质就是高，为了俺这个案件已经白跑了二十多趟了，明天又是大年三十，大家都在置办年货，可他们却奔波在执行路上，忍着饥饿为俺执行案件，真是心系百姓的好干警啊！"

近两年来，在万志勇办理大量案件的过程中，有不少人希望他能"照顾"一下，但他却始终保持着一个执行法官应有的本色。一次，一位当事人托人给他送来两箱当地名酒，万志勇对来人说："权利是党和人民给的，我不能利用手中的权力去谋私利。"对其进行了严厉的批评后，令其将酒搬回。办公桌上放着的廉政寄语牌上，是妻子写给他的"财不可贪、欲不可纵"，以随时提示自己。

今年8月30日，万志勇同志被人大任命为法院执行二庭庭长，他感到自己肩上的担子更重了，他说："尽管在工作上取得了一定的成绩，但离党和人民群众的要求还很远。我还要继续努力，以一个共产党员的标准更加严格要求自己，严肃执法、执政为民，努力做一个情为民所系的好法官！"

让人怎能不想你

2010年1月17日,是鹿邑县人民法院的老院长王永芳逝世三周年的日子。自发前去悼念的队伍一批又一批,有的唏嘘不已,有的早已泪流满面。因为老院长就像他们自己的亲人一样,所以他们表现出了发自内心的悼念之情。

王永芳,生于1932年,郸城县虎头岗乡人。1947年参加革命,历任鹿邑区组织干事、公安局队长、股长、公安局副局长,检察院检察长、法院院长等职。他秉公执法,不徇私情,拒收贿赂。1984年12月参加河南省法院系统双先会,会上被评为全国法院系统"双先"代表。翌年3月3日《河南日报》以《铁面法官》为题报道了他的事迹。3月6日在全国法院系统双先会上,与杨尚昆等中央领导合影。

老院长王永芳生前的工作作风就像悼词上写的那样,在工作中他胸怀坦荡、大公无私、不徇私情,真正做到了一身正气、两袖清风;在生活中,他严于律己,为人正派、光明磊落、襟怀坦白、谦虚谨慎、平易近人、团结同志,视群众为父母;他正直善良,生活节俭,德高望重、高风亮节,在同事和广大人民群众中享有崇高的威望……

怀着对这位仰慕已久的老院长的思念之情,我在走访了他生前的同事和好友之后,把从众人嘴里所撷取的王永芳老院长生前工作、生活中的几件小事记录了下来。从这几件小事中,足可以看出我们这位老院长对党和人民群众的一片赤诚。

"提起王永芳老院长，从上至下没有一个人说他一个'不'字的。"一位老同志如是说。在鹿邑县法院，提起王永芳老院长，没有一个干警不怕他的。但怕归怕，挨过老院长批的干警不在少数，有的甚至被他批得眼泪直流。但是到后来，却没有一个人说老院长一个"不"字的。

老院长视人民为父母。1986年，王院长在本县太清宫镇蹲点儿，他走村串户，把自己每月的工资都用来扶助贫困户，让贫困户过年过节都能吃上饺子，为当地人民群众生产生活办了很多好事实事。当地群众为了感谢他，在即将过年时给他送了五十斤小麦，他退了几次，群众都又给他送了回来，最后在不得已的情况下，他以超出市场价的价格把钱给了群众。

一位老庭长说，老院长坚持原则、六亲不认。人们都知道老院长的脾气，在审理任何案件上没有一个人敢向老院长说情。1976年8月，他的孩子在乡里一个青年厂里锻炼，因下乡的青年多，和当地的群众打架斗殴，致使一村民受了伤。他当时兼着政法领导小组副书记，立即带领公检法的有关人员到案发地进行调查。通过调查，他怀疑自己的儿子参与了此案，他首先把自己的儿子给绳之以法了。

一次，王永芳院长到省城看病，回来到会计那里去报销药费，会计查来查去没有车费和住宿费票据，便向其索要票据，王院长说："车是我自己坐的，旅馆是我自己住的，我怎么可以让公家来报销！"在他当院长期间不但车费住宿费不让国家报销，就连他看的党报党刊也是自费订阅的。

了解老院长的人都知道，老院长从参加工作到现在，没有建一间私房，直到去世前，他一直住着一间不足50平方米的公房，看得是14寸的黑白电视，骑的是1962年购买的，现在除了铃不响什么都响的"飞鸽牌"自行车……

老院长逝世了，他没有带走什么，但他却带走了人们对他的思念！他生前的那种视党和人民的利益高于一切，与人民群众同甘苦共患难的精神激励着我写下这篇纪念文章。我国著名诗人臧克家先生在纪念鲁迅先生的一首诗《有的人》中写道，有的人活着，他已经死了；有的人死了，他还活着。有的人，把名字刻入石头想'不朽'，可名字比尸首烂得更早；有的人，俯下身子给人民当牛马，群众却把他抬举得很高，很高！

老院长，你永远活在人民的心中！

《红杏》出墙记

1991年7月，在四川成都召开的全国校刊评比会上，一张校园《红杏报》独占鳌头，被评为全国校刊一等奖。1992年4月，在镇江会议上，《红杏报》荣获苏、鲁、豫、皖四省校刊评比唯一的特等奖。1992年8月，在湖南大庸校刊评比会上，《红杏报》又获金奖。1993年4月，《红杏报》在苏、鲁、豫、皖四省中学语文教学研究会上再领风骚，荣获全国校刊校报评比特等奖。《红杏报》的创始人，就是现任《红杏报》的编辑室主任王朗斋老师。

王朗斋办报出了名，可有多少人知道，《红杏报》殊荣的背后浸透了王老师的多少心血。时间要追溯到1976年，离开教坛整整7年的王朗斋，终于重返讲台，在鹿邑县生铁冢乡中学任教。

王朗斋接任班主任以后，更加珍惜那来之不易的教学权利。他呕心沥血，辛勤地在教苑里耕耘着。1980年，他教的毕业班送走了27名学生，改写了生铁冢乡几年来没有一个学生升学的历史。乡里人民感谢他，这家请吃酒那家来相邀，都被他婉言谢绝了，王朗斋欣慰地说："我能得到你们如此的信任和厚爱就足够了。"

作为一名语文教师，王朗斋萌生了创办一张小报，让学生练笔的念头。他拿出自己平反补发的工资和近万元的积蓄，终于使《红杏报》在1986年诞生了，并成立了红杏文学社。带着油墨芬芳的小报在全县每一所学校中流传。由于小报内容丰富、活泼新颖，很快受到全县中小学师生们的欢迎。王朗斋白天上课，夜晚编稿、刻印。他花费了多少心血，熬过了多少个通宵，只有伴他的明灯知道。

是花就要开放，是火总会发光。王朗斋办报的事迹传遍了整个鹿邑，河南电视台三次播放他办报的动人事迹，此后，县委、县政府决定将《红杏》（油印）小报升格为县办（铅印）报，由县教育局主办，社址迁到老君台中学，任命王朗斋为《红杏报》专职常务编辑，主持报社的全面工作。

王朗斋深知自己的担子更重了，为报答党对他的信任，为不辜负师生们的厚望，他不要寒暑假，不过星期天，每天工作12~16个小时。王朗斋的心血没有白费，《红杏报》终于带着老子故土的芳香，走出了鹿邑，走出了河南，走进了十九个省市的中小学校，发行量达七万多份，受到了社会各界的一致好评。

1991年元月，经省有关部门批准，《红杏报》又被升格为地区级报，由地区教委主办。王朗斋更加辛勤地工作，他充分利用《红杏报》这块儿写作园地培养了一百多名优秀小作者，这些小作者的文章有三百多篇在全国作文大赛中获奖。其中陈亚峰曾三次在全国征文大赛中荣获一等奖，武晓辉成为"海燕出版社"重点培养对象。《红杏报》先后四次与河南省宋河酒厂、鹿邑县农业银行联合举办了"宋河杯""小小储蓄家"征文活动，激发了中小学生的创作热情。

1992年6月，《红杏报》与鹿邑县农业银行联合举办的"农行杯"征文大赛。评奖结束后，颁奖大会定在项城召开，当王朗斋准备赶赴项城时，他85岁的老母病危住进了医院，王朗斋为了不影响颁奖大会的召开，强忍着内心的痛苦，请人为老母准备着后事，含泪上了开往项城的汽车。

几年来，王朗斋在办好《红杏报》的同时，编著出版了《红杏荟萃》《带露珠的蓓蕾》，与人合编了《嫩枝上的花朵》《水淋淋的葡萄》《获奖作文大展》上下册等十余本书，同时，被湖北《南雁》丛书、《少年文学家》等十多家刊物聘为主编，特邀编辑。1991年被全国文学社团评为优秀辅导教师，1992年分别获苏、鲁、豫、皖文学社团优秀辅导教师和中国民族文化城文学艺术创作中心的"中国桂冠诗人"称号。由于王朗斋百折不挠的精神和奋斗不懈的努力，"红杏"终于出墙了。

认识王学良

三年前的一天，和一位初识的朋友在一起吃饭。因我逼他多饮一杯，朋友不喝，顺口说："吃饭喝酒咱不急儿，我也是一个文化人儿！"我顺口接上说："你不是个文化人儿，你是一个文化痞儿！"没想到他又跟我犟起来："你要认为你喝酒真不让，我这就打电话叫王学良！"

于是，通过这位朋友的引荐，我与王学良就成了文友、酒友、朋友。

王学良在中学时期写出的文章就被县文化馆所办的刊物采用，在大学里就有作品获奖。在毕业分配时，因父母年龄大了，他又是一个孝子，积极要求回到地方工作。地方政府根据他的特长，把他分配到了鹿邑县文化局创作室，搞专业创作。认识了王学良，既了解了他一些不为人知的事，也了解了他的为人、为文和为了搞创作所付出的艰辛……王学良毕业于北京航空航天大学，学歼击机设计的。但他酷爱文学，被分配到创作室搞专业创作后，他如鱼得水，先后创作出了《斩包丞》《剿南衙》《仙女弯传奇》等新编古装戏。其中大型剧目《斩包丞》首演连续演了13场，场场爆满。在地区会演中获二等奖。在郑州营业性演出创下连续演出四个半月136场的纪录，并被《河南电视台》《河南电台》播放全剧，又被全国五个剧种移植、四十多个剧团搬上舞台。正在他踌躇满志、专心致力于创作的时候，86年7月，因他创作的现代戏《情与法》被个别领导不理解，并列下三条罪状：一是抵制综合治理；二是辱骂公安人员；三是反党反社会主义。王学良说，当时他创作这个剧本的内容是歌颂一位法院院长刚正不阿、与社会上邪恶势力做斗争的故事。而且演出后，效果很好，全场掌声达二十多次。个别领导以影射党的政法领导为罪名，召开会议研究决定准备逮捕他。群众的眼睛是雪亮的，一些坚持正义的人向王学良通了气。王学良连夜赶到周口，后到郑州，向省文联领导汇报了事情的前后经过。省文联领导当即派人到鹿邑调查处理此事。在省文联领导的干预过问下，把剧团调到地区汇报演出。《情与法》这个戏在地区演出后，引起了全场轰动，反应特别好。当时的宣传部部长代表地委表态："今天这个戏，演出非常成功。成功到何种程度？观众的掌声做了总结！有人说现代戏没有人看，不是没人看而是质量低。像鹿邑县豫剧团演出的《情与法》，观众不但愿意看，而且喜欢看。作者来了没有？"王学良说："当时的我已泪水涟涟，握着部长的手激动得说不出话来。"部长说："委屈你了！"就这样，王学良没事了。后来，该剧获得全区剧本创作一等奖。王学良也被省剧协批准为省剧协会员。

时过境迁。现在的王学良已是政协鹿邑县委员会常委、周口市文史资料特聘研究员、鹿邑县戏剧家协会主席。王学良在创作上虽然取得了一定的成绩，但他并没有满足。2003年，王学良退居二线后，他笔耕不辍，当他看到真正系统地反映介绍老子的文章还没有时，为了彰显老子思想、弘扬老子文化，他数次自费去北京图书馆，从上千种资料中选出二百多条彰显老子思想的皇帝谕旨、历代文人的诗词、碑文编著了《老子故里古诗文钩沉》一书，该书已再版两次，并被联合国教科文组织收藏。为了写出中华李氏祖谱一至五卷，从2005年开始，他自费到北京、南京、郑州、开封等地各大图书馆，收集了五百多万字的资料，仅资料复印费就达两万多元，终于于2007年3月完成了《中华李氏祖谱》一至五卷的编纂任务，并由炎黄文化出版社出版发行。从而解读了"天下李姓根在鹿邑"这一历史史实。

为了教育下一代，王学良以图文、白话文加拼音的形式编著了《道德经》三字歌。此书于2007年6月由中国少年儿童出版社出版发行。目前已到了数个学校的12万名的学生手里。

王学良是一个勤奋的人，在创作上已是硕果累累。几十年来，他先后创作出了几十个大型剧本，上百篇曲艺、小品、相声、歌词等作品。这些作品多数被搬上了荧屏和舞台，或被杂志发表，并为市、县策划大型文艺晚会数十台。当我问及他的获奖情况时，王学良指着书房门后的两个箱子笑了笑。我打开一看，两箱子里全是获奖证书、荣誉证书，有省级金奖，市级金奖。王学良说："这东西没啥用！"

第四辑　那年、那月、那人、那事

　　山一程，水一程，一路走来，邂逅了多少人，经历了多少事。独坐在尘世的一角，静待花开，静赏叶落，让淡淡的思绪，在纸上绽放成一朵心花。浮光掠影中，汲取岁月的真，点点滴滴，汇集成记忆的沙。那年，那月，那人，那事，仿若历历在目，感动也难忘。

拾新闻

　　1982年中秋节，我在王皮溜乡食品站肉铺门前，见几位干部过来向肉铺内看了看走开了，嘴里嘟囔着："老马卖肉，这家伙掂刀不认人！"我想："掂刀不认人"不正是群众欢迎的人物嘛？我一采访，果然有许多"掂刀不认人"的无私情节，便连夜写成稿寄给《人民日报》社，很快在《市场随笔》栏目发表。

　　1983年，我到周口出差，朋友请我吃馄饨，走过几家卖馄饨的国营饭店，他不让进去，一定要找一位担着挑子卖馄饨的农民，说只有他的馄饨好吃。结果跑了几道街才找到那位农民。这位农民的担前围着许多顾客。我们等了大半天才吃上馄饨。果然，名不虚传，真是味道鲜美招远客。我想众多的大饭店，要都像这位农民那样，让顾客找着吃，该多好啊！我当天就以《找着吃》为题，写成稿发给了《河南农民报》。等我出差完回到机关，同事就告诉我，你的《找着吃》发表了！

（1989年10期《新闻爱好者》）

去年堵后门　今年绝后门

鹿邑县王皮溜公社　侯钦民

社员都夸公社肉站的马平春师傅掂刀不认人,咋回事呢?去年中秋节,店里挤满了买肉的人,谁不急着买二斤肉回家过节,这时,从后门进来几个老马的熟人,其中一个是他的儿子,抓过他爹刚砍下来的一块肉嚷道:"我要这块!"马师傅把眼一瞪:"就你光棍?后边排队去!"几个熟人听了,忙着退了出来。

今年又到八月十五月儿圆,买肉的群众还是那样多,但走后门的却没有了。社员伸出拇指夸老马:"去年堵后门,今年绝后门。"

(《人民日报》1982年11月1日第2版专栏:市场随笔。80年代发表的稿子《去年堵后门　今年绝后门》,我现在仍然喜欢。)

出版武术的书刊要注意内容

编辑同志：

自电影《少林寺》上映后，青少年中喜爱武术的人越来越多。出版部门出一部分介绍武术知识的书，正确指导青少年开展武术活动是有好处的。但现在集市上有人兜售的武术小册子，内容很值得人们注意。如有一本《少林武术秘传》的书，没有出版单位，书中却大讲什么有少林擒拿点穴秘传、少林卸骨秘传、致命三十六穴等等。我认为，这些内容对青少年非但无益，反而会把他们引向邪路。希望有关部门严加管理，禁止这类书籍出售。

河南鹿邑县王皮溜公社　侯钦民

警惕上当

近一年来，随着武术热在我国城乡的兴起，一些唯利是图者利用人们渴望得到武术书籍的心理，乘机兜售各种名目的小册子。这些小册子，不标明出版单位，也没有著作者姓名，内容荒诞、谬误百出。我觉得对兜售此类书籍者应该追究和制止。同时，也奉劝喜爱武术的人们，特别是广大青少年，千万不要上当！

——编者

（《人民日报》1983年5月18日第2版专栏：来信）

鹿邑县农民欢迎商品赊销

最近，河南省鹿邑县王皮溜乡植保分公司调进一千三百多部喷雾器，赊销给农民，每部价格比市场上贵一元，棉花收货后付款。不几天，这批喷雾器便被农民赊购一空。农工商门市部从外地调进八十多吨磷肥，实行赊销，也很快被赊购一空。农民说这种办法好。

侯钦民

现在，虽然大多数农民比过去富裕，但是富裕的程度参差不齐，而且还有相当一部分农民并不富裕。不少农民想置办一些像样的生产资料和高级一点的消费品，一下子拿不出那么多钱。有些商品采取赊销或分期付款的办法，既满足了农民需要，又促进了商品生产发展，可谓一举两得。鹿邑县对一些商品实行赊销的做法可供借鉴。

——编者

（《人民日报》1984年8月9日第2版农村信息专栏发表）

办 事

　　朋友想办一笔小额贷款创业，需要到劳动保障事务所盖个章。来到某办事处劳动保障事务所，一位五十来岁的干部坐在那里吐着烟圈儿。我把档案袋放在他面前说明了来意，他看也没看说："不行，你啥都没有我咋给你办？"我说："我的材料都在这档案袋里呀！"他说："这样的事近几天不办。"我问："为啥？"他说："上边对这事查得紧。"我说："我们又没有办违背原则的事查又怕啥？"他把档案袋一推说："不能办！"

　　我想他把话说成这样，再僵持下去也办不了。扭头看到一位熟人，我问："老弟，你们的张书记在几楼？"他给我指了指说："二楼！"我刚要迈步，后边传来了刚才那位老干部的声音："回来回来，我再看看你的材料！"

腊 爷

　　有个年轻人辈份低。村里一小名叫腊的老人去世了。下葬那天，这小子在坟前哭得死去活来。众人都被拉起来走了，就是没人理他。管事的看出了门道，到这小子后边朝腚上踢了一脚，把这小子踢了个嘴啃地："妈里个×，人都走完了还不滚起来！"你道为何没人去拉这小子？就是因为这小子哭得是："腊爷！腊爷！"……人们理解为："拉爷！拉爷！"……

麻五骂鸡

老家有一位名字叫五的,因为一脸的麻子所以又叫麻五。麻五字识不了几个。一天,他家的鸡丢失了一只。于是,他在村头骂:"他娘里个×,谁偷吃了俺的鸡,昨天数得是三对半,今天一数还剩七只鸡!"

老家来的人

"钦民，你在这里上班呀？"这不，一位满脸络腮胡子的中年男子闯进办公室里跟我打招呼。

我边让座边在脑海里快速搜索着这个男子的姓名和地址。想着他是谁谁，又怕认错难堪。

"你真稀罕，来法院有事？"我不能让他看出我认不出来他的样子。

"邻居离婚哩，今天开庭，我来听听！"

"哪个村子的？"我想，他一说村子的名字，我立马就对上号他是谁谁了。

"俺村的！"

我套不出来。这时如果让他知道了我不认识家乡人了，回去肯定会当作笑谈的。

"你现在干啥哩？"我想，他一介绍自己的职业，我又能对上号了。

"我这人能干啥？还是老本行！"

我傻眼了。

为了掩饰自己，我让他喝水。他说："不渴！"而后站起来说："我得赶紧去听听，那边开着庭哩！"

我一头雾水："这是老家的谁呢？"

清晨，一位老人向我招手

早上七点。

我在路口等车，隐约听到有人在身后喊：

"哎——"

我扭过头，一位老人在向我招手。原来他骑自行车摔倒了，又被车轮别住了腿，站不起来了。

这大早起的，突然碰到这种事，于是，我的脑海中顿时浮现：网络、报纸、碰瓷……

老人看我在犹豫，伸着一只胳膊说："请你帮忙把我扶起来！"

碰瓷？这个老人他不会吧？他不会的！在我跨步跑到老人身旁时，我心里还在一直默默念叨着。

我双手去扶老人。一个骑自行车的小女孩从我身后过去，我多么希望她能停一下，以防万一，好证明我的清白。

但是，她没有停。我也没有停！

我双手把老人搀扶起来。老人说："没事了，谢谢你！"

老人颤颤巍巍骑上自行车，我看到他自行车后座上夹着一个小马扎。老人一定是去找他的伙伴玩去哩。

我忙对老人家说："路上您悠着点儿，慢一点儿骑！"

"我没有事了，谢谢你！"他说。

事情虽然过去很久了，但我仍一直在想，社会上虽然出现这碰瓷那碰瓷的，的确是有一些不正常，但是，如果让我再次遇见这种事，我还是愿意用一颗正常的心态去面对不正常的社会的。因为，清晨那位老人的招手分明就是一面旗帜，留在了我的心中。永久永久。

微醉的时候

想念细成一条虚线,断断续续,记录着跟青春有关的爱与伤。

  微醉的时候
  也只有在这个时候
  我才敢想起
  心中
  那久远的思念

  命运晃荡的岁月
  你选择与贫瘠的故土作别
  远走他乡

  风雨中我的祝福默默弥扬
  你知道吗——我的妹子
  那逝去的每一寸光阴
  我的情缥缈着找不到落点
  人生坎坷啊妹子
  可深藏的依恋却长久炙烤
  我的心

现实是无法穿越的桎梏
我只能沉沦

请到
我梦里来
你的名字你的声音你的倩影
我在痴痴地等

泪光里
许下一个来世
谁能告诉我
那是
哪一次的轮回

好诗皆因有真情

——读侯钦民诗歌《你笑得是那样灿烂》

叶 雨

为官一任,造福一方。正因为有许多敢于担当、勇于带头的优秀干部,我们的家乡和祖国才一日千里,越来越美。金杯银杯不如百姓口碑。钦民先生这首短诗,毫无疑问就是一首饱含真情赞颂焦裕禄式好干部的百姓口碑!

《你笑得是那样灿烂》篇幅简短,语带深情,亦叙亦歌。如一道小溪,婉转流利。仿佛从底层深处涌出的潺潺泉水给我们带来甘甜的欣喜。如一抹彩霞,绚丽引人。好似从百姓心底酝酿成的祈愿,祈愿有更多的人民公仆带领他们走向更加美好的未来……

只要有真情,就是好诗。我们不必苛求每一首诗都雕琢得精妙完美。我深深感到,《你笑得是那样灿烂》这首诗因为饱含真情而散发着真诚的文学魅力!

你笑得是那样灿烂

初看见你的时候
你的表情深沉而又凝重
踌躇满志

再看见你的时候
你的表情像阳光一样明媚灿烂
目光坚毅

初看见你的时候
你的头发乌黑发亮
意气风发

再看见你的时候
你的两鬓斑白
憔悴许多

是呀
污浊的"五河"
臭气熏天,蚊蝇繁衍

多少年了

人民期盼治理的愿望

牵动着你的心情

去年 5 月 14 日

你发出"五河"共治动员令

这一举动

大家都替你捏了一把汗

这可不是小工程

你咋敢冒这个险

民心所望施政所向

你把眼光聚向"五河"

你把脚步伸进"五河"

以首战必胜的气势

郑重宣言

有什么责任我一身担

三百六十多个日子里

顶风雪冒酷暑

脚踩污泥头顶星星

你或徒步，或骑车

和工作人员一起

奔波在施工的前沿

多少个节假日

多少个深夜里

微信平台上总能看到你

以上率下的身影

今年 5 月 4 日

全县万人长跑比赛从闫沟河南段出发
你一个潇洒优美的发令动作
让数万干部群众见证了
这一年付出的辛劳
领略了"五河"美景

如今的"五河"夜晚
水清景美五彩斑斓
成了一道亮丽的城市风景线
人们在这里尽情地健身、游玩

清澈河水见证着城市的新
绿色长廊见证着城市的美
莺歌燕语，蝶儿翩翩
是哪位音乐爱好者送来了
谁不说俺家乡好的笛声
阵阵清风吹来
欢声笑语一片

长期在外的老乡回到鹿邑
禁不住竖起拇指赞叹
家乡变化真大呀
大城市的夜色不过如此
从没有动过笔的一位老领导
忍不住赋诗一首
奇迹博得众人点赞

你看到群众乐了

自己也舒心地笑了
笑得是那样灿烂
你的笑容
深深烙在群众心间

第四辑 那年、那月、那人、那事

向老赖宣战
——写在法院集中执行日

2016 年的 7 月 12 日
就是这一天的凌晨 5 点
鹿邑县法院的全体执行干警们
兵分五路、东南西北中
向东躲西藏、以种种借口
拒不履行法院判决、裁定的老赖
——宣战

老赖,你可知道
当你已进入甜蜜的梦乡里时
申请人的一家却因为生活
彻夜难眠

老赖,你可知道
当你拿着申请人的钱花天酒地时
申请人的一家却因为生活
度日如年

老赖，老赖，网上有你的名字
老赖，老赖，榜上有你的照片
你可知道
你将出差受阻
消费受限
你诚信丢失
面子丢尽
难道你真的敢向法律叫板

老赖，在依法治国的今天
请你自重
放下你那侥幸的心理
主动履行法院生效的法律文书
不要等到将你绳之以法的那一天

老赖，法律在对你宣战
你幻想的末日到了
法律文书不是一纸白条
这是给你发出最后的期限
再执迷不悟
法院将对你强制执行
以彰显法律的尊严

新疆组诗一章

文武要高强

人人有理想，
文武要高强；
闻鸡夜起舞，
不枉人世上。

思

蘸墨流成河，
道路何蹉跎；
绞尽脑细思，
搔首脱发多。

不要惊

苍爹一封信飞去，
便遮恨情；
你早暗喜心有谋，

已成泡影。
待我跨门帘，
不要惊！

书

一

书兮，书
我的学习之母
恨不能阅你千遍
掏空你的腹

二

千里迢迢寻书山，
岂艰苦？
凉风灌耳等闲度，
踏征途。
男儿言行必合一，
真鼓劲，郭永福！

注：郭永福，文友。

思 念

一

年轮
深深地刻在眼角
你纤手编织的网
在一圈圈褪去
思念的种子在萌发，于是
在一个阴雨绵绵的日子里
我送上一片绿色的云
化作蒙蒙细雨

浸透你的心
二
寻章摘句不由衷，
晓月当空挂玉弓；
不见妹妹心腹闷，
妹来助我启远蓬。
三
雪皑皑，心朦胧；
娇女兮，何相逢。

第五辑　印象记录

　　有石在山，剖之为玉。玉之秉性，侯哥之性格也。纵然历经岁月沧桑，人间风雨，依然闪着莹润的光芒。品文如品人，每一幕鲜活的画面，都透着人性的真。"老子故里的代言人""偏执的写手""平民作家，知性文人"，良友们的鉴赏和评价，更赋予文字一种灿烂和阳光。

认识侯钦民

杨玉璞

由于长年混迹于省报的缘故，便有了经常下乡采访的机会。经历过许许多多的事，结交了形形色色的人。有的人随着时光的流逝，渐以淡忘。而有的人一经接触便成好友，虽常年天各一方，但其样貌与笑容时时浮在眼前。彼此的友情宛如醇酒，越是年久，越是醇香。鹿邑县侯钦民君，便属于后者。

十多年前，钦民兄在鹿邑县委宣传部新闻科任科长。给党报投稿、送稿，接待新闻记者是其主要职责。那时候笔者在河南日报农业处做编辑，因为工作的关系，很自然地使我们认识了。最初的印象是，一个粗犷豪放的性情汉子，言辞也直率坦诚，外貌远没有其文章那样恬静秀美。

鹿邑是宋河酒的产地，那里的人们不仅有造酒的绝技，更因善饮闻名。一次钦民兄来郑州送稿，从车上搬下一件宋河，神气十足地说："中午找地方练练！"中午，我和报社其他六个年轻编辑应邀和钦民兄在街头一酒馆小聚。还没等凉菜上完钦民兄便将一瓶宋河一分为二，说："承蒙各位关照，不才常有"豆腐块"见诸报端，今天能请到各位实乃三生有幸。为表心意，在下先喝半斤，然后再和各位猜枚划拳，这叫高人喝酒，五档起步！"他的话音刚落，端起酒杯便狂饮起来。半斤酒竟如喝凉水一般一口气灌进肚内，只看得我们目瞪口呆。钦民兄喝完，面不改色气不喘，安然落座后又风度翩翩率先过关。他声音洪亮震耳、指法神出鬼没、气势迫人胆寒。虽然我们六人轮番上阵，竟不能占得丝毫便宜。不知不觉中六瓶白酒被我们喝了个底朝天，当我们六人个个都喝得头晕、脑胀、目眩之时，依然不见钦民兄有明显醉意。

因怕影响下午上班，酒不敢再喝了，醉意朦胧之中我们打起了嘴仗。钦民兄吹得大，言说鹿邑是宋河美酒的产地，当地人不仅人人能喝，就连树上的麻雀也非酒糟不叨。他越吹越玄，说："鹿邑县人口百十万，因海量而闻名遐迩者，共有八人，一般人称'鹿邑八大喝'，圈内人则尊称'酒坛八仙'，小弟不才，无意间充数其中。小弟能喝多少，不知道，总之豫东一带，鲜有对手。平时到乡下采访，从不需要带钱，酒肆饭馆报上名号，备酒肉讨教指法者，摩肩接踵。各位有时间到鹿邑采访，饭不敢说能吃好，酒肯定让喝饱，去上三五个，兄弟一人，保管你们一个个站着来，躺着回……"那时候笔者年轻好胜，仗着有一点酒量，嘴上岂肯吃亏："老兄真乃酒仙也，小弟自愧弗如，不过小弟老家伊川，乃酒祖杜康的故乡，俺那里有多少人能喝酒咱不知道，但乡里人早餐用白酒泡馍者比比皆是。小弟从三岁上幼儿园起练习枚法，至今学无所成，不能做到随心所欲，输赢自如……"我们唇枪舌剑，各不相让，当下约定：他日老君台上论雌雄。吹只管吹，去鹿邑县采访却因种种原因始终没有成行。这期间钦民兄偶尔也寄稿件来，随信的敷衍中往往加几句"天天练酒量，时时练拳法，单等尔等前来拜师"之类的戏言。报社同仁也不断有人到鹿邑采访，回来总是带回一些酒桌上侯钦民威风八面、力挫群雄的新闻。末了都不忘发几句由衷地赞叹：豪气，厉害！

转眼到了1990年的秋天，正是丹桂飘香、金风撩人的中秋节前夕，我们终于等来了赴豫东采访的机会。那次赴豫东采访的同去者有《河南日报》农业处年轻漂亮的女编辑郭玲玲以及她爱人、总编室知名记者王自合，《河南日报》周口记者站记者、侠客刘国挺。我们从郑州出发直达周口，然后经太康等县向鹿邑进发。虽然我们几个都是出道不久的年轻记者，但由于被一个"党报记者"的光环罩着，所以，所到之处地方接待都极为隆重。招待吃饭的地方都是县委招待所最豪华的雅间，作陪者往往是书记、县长、主管宣传的副书记、宣传部部长等。有时候连新闻科的弟兄们都挤得没地方坐，用他们的话说就是：省委书记来了，也不过是这种接待规格了，但我们比领导的规格更高。领导来了还得考虑勤俭廉政，一般是地方烟酒，我们是无冕之王，吃喝就可以随心所欲。那时候我知道了茅台酒的好喝，知道了中华烟的名贵，知道了被人捧着的乐趣，知道了老百姓永远也不能体谅到的地方领导的种种艰辛。酒足饭饱之后，我们常产生一些不写几篇文章回去发发就愧对人家的盛情这类的想法。就这样我们一路向东，当来到鹿邑的时候，我们几个都是连醉几次的乏兵了。当时的鹿邑县城并不大，街道上到处奔跑着用自行车和三轮车改拼的出租车，卖菜的小贩随地摆放，街上的行人装束也极为朴素，整个县城给人一种灰蒙蒙的感觉。在县委宣传部见到侯钦民，我们都备感亲切，就像久别重逢的兄弟。看我们几个人憔悴的样子，钦民兄并没有乘人之危与我们比拼酒量，而是带我们先完成了采访任务，而后游览了县内的名胜古迹。

鹿邑是道教创始人老子的故乡，出县城不远便是高耸雄伟的老君台，前来进香的善男信女络绎不绝。听钦民说老君台仙气旺盛，当年日本鬼子在豫东扫荡，从远处看到了这个用青砖建起的高大台子，怕国军用作阻击之用，便用大炮进行猛烈袭击，结果许多炮弹竟然神奇地落在老君台上不能爆炸。日本鬼子惊讶不已，当他们知道袭击的是老君台时竟然赶来顶礼膜拜，祈求老君恕罪。在钦民的指点下，我们果真在老君台的一个地方，看到了一个据说是日寇炮弹的铁状物，又不禁连连称奇。老君像前，新闻科的朋友们用相机拍下了我们的身影，这照片至今完整保存在我的相册里。游完老君台，我们到野外去闲逛。金秋的豫东平原上到处洋溢着收获的气息。牛羊在广袤的原野里自由自在地食草。农人在即将成熟的庄稼地里辛勤劳作，秋风携着白云轻轻飘过蔚蓝的天空，鹅鸭在田间小溪里引颈高歌——久待于城市的我们无不为眼前的田园美景所陶醉。

任务完成了，我们要回郑州了。那天晚上，新闻科的兄弟们设宴招待我们，一场"战斗"在所难免地发生了。时过多年，回想起那场酒宴，那洪亮的猜枚声，那忘我的狂叫声，至今回响在我的耳际。我已经记不清那天吃了什么菜，县里有哪些领导作陪，当场喝倒了几个，最后又是怎样剩下我们几个人的。铭心刻骨的是我们用桌上的碟子，以每人一次七碟的速度拼着性命比酒量的。后来，县里作陪的人全走了，只剩下钦民兄醉意朦胧地陪我们回到房间。在酒精的作用下，我们又用扑克牌比大小的方式比赛翻跟头，看看谁先晕。我们从谁输谁先翻，逐步演变成比翻的速度和质量。大家像疯子着魔般拼命狂翻，从晚上九点一直翻到凌晨两点，只翻到我们一个个全都醉倒在冰冷的水泥地上而不自觉……

因酒和钦民兄成为好友。尽管后来钦民因故离开了宣传战线，但我们的友谊并没有因此淡化。多年来，只要有机会，兄弟小聚是常有的事。我常想，喝酒虽有许多害处，但为什么中国自古就有"无酒不成席"的说法呢？酒场上最能看出一个人的性格，酒品如人品。钦民兄是性情中人，愿兄节制酒量，保重身体，平平安安，笑看人生。

作者单位：《河南日报》社

这样活未尽我意

李建成

冲破几丝碎雨，闯进了一家酒店，钦民兄胳膊挥出一道晃眼的弧线，就按住了一位后生，回过头认真地说，咱孩子。又转过头说，叫叔叔。在钦民兄叫来淮阳豆腐皮、周口烧全鸡等三五盘零碎的过程中，高高壮壮的孩子就捧来一本散发着油墨淡香的《生活无故事》，一品菜，一杯酒，嘴软软地叫着侯哥，舌也软软地应下了一个书评。

七七四十九篇文章，零零碎碎，有《生活无故事》等小说，有《相邀德州》等散文诗歌，有《请不要钻政府的空子揩农民的油》等杂文，在稀里糊涂地堆了几篇报告文学之后，就是几篇还算有点意思的"话说钦民"。真正让人对本书产生批评批评的想法是后记里的一句话——侯哥说，写出来的东西没尽我意，没尽我意啊。

弱，是骨子里溢出来的。生活里实在找不出故事，侯哥就底气不足地扯出来一个名叫秀秀的女人，真的算不上漂亮，店里没生意的时候就是若有所思的样子，透出一丝忧郁的美，让人常会生出一点点爱怜。"爱怜"命苦，好不容易对天下的男人有了点好感，好不容易创造了一个机会，就自己拿一瓶酒，也不往杯子里倒，嘴对嘴地喝了起来……一下子软绵绵地倒在"我"的怀里，偏偏遇到了一个没一点意思、少一点浪漫、缺一点风情的男人，这个男人就是人称酒仙的侯钦民。不管是真是假，这样一个吞吞吐吐、遮遮掩掩、糊糊涂涂的男人，唉，真是没意思的很。更没意思的是小说《派车》，主人公是一位堂堂的县委新闻科长，摇身一变就成了一只无奈的皮球，部长踢一脚，主任踢一脚，县长踢一脚，越踢球越软，从早踢到晚，出得门来，月明星稀，竟然还没有被踢明白。无奈的作家，无奈的小说，无奈的表白，无奈的结局，就汇聚成了一个无奈的弱质男人。弱质根源于生活，不是侯哥的错，也不是其他男人的错。只是捧着故事时，看一个再看一个，还是不想生气。

  硬，是嘴里喷出来的。酒桌上喷出来的除了酒气，就是牛气。德州有个老虎，很够朋友的一种人，好酒，好友，不好喷，实实在在地约了鹿邑的一个大喝，大大方方地备下了四只扒鸡，三五个回合刚过，就从门外闪进来一个二十七八岁的侠女。有道是，哥是年龄挣的，老师是本事挣的，他就硬着舌头骨头软，喊着老师不嫌惭，最后还是吹牛说，司马懿不带刀，下次和她单练。就这样的一个角儿，河南日报社的杨老师还称他酒仙：一个吹得玄，就连家里树上的麻雀也非酒糟不叨；一个吹得妙，就是从三岁上幼儿园起开始习枚，村里人早餐用白酒泡馍者比比皆是。几番醉意朦胧，几番威风凛凛，最后在一次拼着性命比酒量、带着晕劲儿翻跟斗之后，就成了铁杆兄弟。有了铁杆就有了手段，酒气硬是浸透了报纸。人家自然夸酒品如人品，只一句性情中人，便胜过了千军万马，一个个全都醉倒在冰冷的水泥地上。何必标榜？只好以一句愿兄节制酒量、保重身体，再加上平平安安、笑看人生之类的话，总是一个"硬"字在作怪。

  爱，从来就是一个伟大的字眼。母爱很伟大，钦民兄两岁丧母，过早尝尽了人世间的酸甜苦辣，所以，质朴的人性最怕经历，没有经历的人生也是洒满了遗憾和苍白，经历了，就有了思考，就有了迷惘和痛苦。这一切是不是太可怕，最可怕的可能是平凡的生活里没有故事。做文章是得有一个主题的，而这个主题的确立，既要顺从自己的爱好，又要符合社会需求。钦民兄的人生主题可能是一种染着红色的灰色调，有点儿愤世嫉俗，有点儿明哲保身，有点儿不服气，也有点儿无奈，于是，虽然因为看多了烦得要命，也是不得不低头的，低头又不是服气的低，就显出中国传统文人的弱质来，然而硬的本性尚在，终是舍不得文学，还是气人的新闻，还是矛盾的本性。

  无论生活里有没有故事，酒还是要喝的，日子还是要过的。于是就有了《酒乡　酒人　酒事》，红薯片子酒也有让英雄气短的时候，喝不尽兴；

来良心枚,喝良心酒,也只是在醉醉的笑意里品味那一份可怜的自尊;有些天下无敌的传说,可能表达着内心的某些向往;生活中有很多笑话,也可能少不得笑话,可能生活笑人要比人笑生活要多些。

其实,生活里净是故事,只要你不是太挑剔。可是钦民兄会不挑剔吗?挑剔别人时,偷偷地骂几句,我听不到或者假装听不到也就算了;挑剔自个儿时,写出来的东西真的会不尽人意;要是挑剔生活,呵呵,这样活着准不尽人意,准有钦民兄好受的生活。若真是不媚俗、不媚权、不媚势,顺从自然心性,寻觅创作自由,这样活下去准有尽意的一天。

作者单位:《周口日报》社

悠悠岁月文寄情
——《阳光穿透岁月的墙》序言

于菊花

认识侯钦民老师快一年了。记得是在一个文学群，看到侯老师发的征文启事，我也想投稿，就顺便加了他的QQ和微信好友，并投了稿。过了大概两个月，新的一期《老子文学》出版了，有我的文章，挺开心的。以后，跟侯老师在文学创作方面有了更多的交流，也算是很熟悉的朋友了。

最近侯老师整理了近些年发表在报纸杂志的一些文章，想出版一本个人文集。初稿发过来，我每一篇都认真读过，对侯老师的文学创作也有了一定的了解，也便有了要给老师的文集写篇序的想法。

侯钦民老师的文学创作已坚持了三十多年。他当年从部队退伍后，一边打工，一边读书写作，还上了新闻函授学校，利用业余时间写新闻稿件，从乡村通讯员到乡文化站，后调入县委宣传部，从宣传部又调到县法院，从一个农民当上了正科级干部，这一路走来，都是文学伴随着他的人生之路。一个有追求有目标的人，才会有睿智的思想、积极的心态。这么多年的笔耕不辍，侯老师创作的大量新闻稿件和纯文学作品发表在国家级报纸和各省市报纸杂志上，可谓是硕果累累，令人称羡。但谦逊好学的侯老师从不满足，依然挚爱着他的文学事业。现在身兼鹿邑县作协主席的他，除了从事法院的本职工作，还要为作协创办的《老子文学》杂志的编辑出版工作忙碌，这种孜孜不倦的为文之道，敬业精神，值得我们广大文学爱好者学习。

侯钦民老师的作品集《阳光穿透岁月的墙》分为五辑，作品内容琳琅满目，作品题材风格多样，有情感浓郁的散文，有观点鲜明的随笔，有情节生动的小说，有烂漫唯美的诗歌，也有他写给文友的书评和文友们写给他的书评。正所谓"他山琢玉，文心雕龙"，我们都是在不断地欣赏学习中，收获更多的养分，在精神的世界里，享受那份满足和充实。

读侯老师的文章，最大的感受是率真，质朴，充满理性。侯老师的作品以精短见长，文笔朴实，情感厚重，字里行间流露出来的真情，总能在不经意间打动人。他感激文学，从文学起步，以文学成"家"，成就了他的今天；他感激文学，在坎坎坷坷的人生路上，以文字分忧，以读书为乐，让他找到了心灵的依靠，精神的寄托；他感激文学，能以文载道，宣扬社会真善美，鞭挞人性假恶丑，用一支生花妙笔，写尽浮世沧桑，依然在锐意进取。他至真至纯的爱，在悠悠岁月里静静流淌，是割舍不断的牵挂，是难以忘却的情意，是锥心刺骨的思念，是美好的记忆里，点点滴滴的暖。

从小处着眼，从低处落笔，展现出繁杂纷扰的大世界，这是侯钦民老师的写作特色。一个真正的作家，不仅要有敏锐的思维，大爱的胸怀，还要有悲悯的情感。而那些生活在低处的小人物，他们的生活、思想、情感，在作者的笔下原生态地呈现出来，让我们在阅读的过程中，对社会也有了更深刻的了解和思考。

作家正是因为怀着这种悲悯的情感，因此更关注农村的变化，关注生活在底层的劳动人民的喜怒哀乐、苦乐悲欢。生活里装满了故事，故事里的人，故事里的事，那么平凡，那么卑微，又那么真实。拮据的生活，错综复杂的人际关系，难以摆脱的生存压力，人与人之间或亲密或疏离，或热情或冷漠，都无须刻意雕琢，走进作家的文字，就如同走进了我们熟悉的生活。

落满灰尘的光阴里，采撷一缕阳光的暖，纵然有太多的不如意，还是要拥有一颗热情善良的心。侯老师从来不是冷眼旁观着这个世界，而是把自己融入到故事中。故事里的人，便是他的父老乡亲，亲朋好友，他的文章是为他们而写，也是为自己而写。他写冷暖人间，写温暖亲情，写故乡情结，写四季风情，每一篇文章，都用独特的视角和浓浓的真情，注入灵魂的感知、睿智的思想和善良的情怀，文笔质朴而感人肺腑。喜欢文字的人本来就是多情的，而能够永远保持一颗赤子之心善待岁月、善待记忆，纵然朴实也精彩。

　　因为工作调动，侯老师在法院工作，因此也写了大量的关于法院庭审类的小说。从那些或长或短的故事里，我们看到了法律的严肃公正，看到了很多人的劣根性，也看到了执法中的无奈艰辛，更有许多难以言说的官场腐败恶习。一个心怀正义感的作家，面对社会上的阴暗丑恶现象，也难免愤世嫉俗，严词抨击，而这恰恰表现出他作为一个作家应该具备的良知和社会责任感。一味地树碑立传是社会的病态，一味歌功颂德的作品绝不是好文学。作家用尖锐批评的观点让作品具有了一定的醒世教育意义，这更是一种正能量的体现。

　　文字源于生活，而又高于生活。我们写尽了生活的圆满和缺憾，也对生活有了更深的体会和感悟。用文字串起生活的片段，记录生活的暖冷，对命运敝帚自珍，对人生充满探究和热情，任尘世喧嚣繁杂，而我们的心中，依然流淌着汩汩清泉，散发着阳光气息。

　　每个人都有着不同的生活方式，或简单、或繁华，都有着各自的美好，而写文字的人，都渴望着一份真正的平静，撇开尘世的繁华，在心中修篱种菊。侯钦民老师的文学路，不哗然，不寂寞，亦如这本即将出版的文集，清新淡雅，开满岁月的花，自然而淳朴。

老子故里的"代言人"

——评鹿邑作家侯钦民的文学创作

谢庆立

百花吐艳,鸟语清脆。一个春光明媚的清晨,展读鹿邑作家侯钦民即将出版的作品集,我感到他多年的心血没有白费。这几年,钦民坚守做人和为文的追求,忙里偷闲,留下一路辛勤耕耘的足迹。他过去发表的《酒乡 酒人 酒事》系列散文,写了一群乡村小人物的喜怒哀乐。他们的生生死死,牵动着读者的心灵,浸透着乡土中国的某些缩影。钦民的一些作品被报纸转载,曾引起不少读者的关注。后来,他如愿加入了省作家协会,成为一方土地上的乡土作家。

翻阅着这些即将付梓的文字,我感觉好像又回到了阔别已久的故乡,听到了清水河里潺潺的流水声,闻到了那刚刚被犁铧翻过的泥土的清香,在故乡的清风里漫步,在故乡的明月下与乡亲们交谈。还有那刚刚收割过麦田的旷野,旷野上漂浮着的悠远而孤独的白云,这些场景仿佛就在眼前。

钦民的写作就是基于这样鲜活的乡村世俗生活,基于那片充满希望、也充满苦难的土地。他的写作是通过心灵寻找支点,他用心灵体味这片土地的"性格",体味这片土地上那群善良、质朴、憨厚而又愚昧的小人物的生命分量。他因此有了自己的思考,找到了自己写作的源泉。

钦民笔下的世界不大,一个豫东平原上不知名的小村、一个普普通通的小乡镇、一个不为人注意的小县城。但钦民作品的审美视野相当开阔。在大多数的篇章里他更倾向于描写浸透苦难的乡村场景：一段弯弯曲曲的街巷，一段泥泞不堪的乡村小路，一块碧绿的菜畦，均透着特定时代的历史文化信息，让人禁不住思考和回味。而最使人关注的，是这片土地上的乡民的生存状态。钦民笔下的这些小人物有着顽强的生命力，坚守着他们千百年来的生命理念。那个辛苦一生的"国富叔"，一辈子的理想就是能吃上饱饭，但他从不知"小康"为何物。然而，通过对这些小人物喝酒的行为神态的描写，让人感受到了"平凡世界"应有的尊严以及这些小人物对幸福生活的渴望。

当然，钦民没有回避这些人物的弱点，笔触常常直指他们身上的反讽色彩。在这些文字里，钦民不仅倾注了他对小人物的同情，更重要的是，表达了他对人物命运演变的历史思考。譬如，对那群要到城里买东西的李村的人，钦民就选择特定的场景——"挤满了人的那辆上海50型汽车的后拖斗"。而司机小刘"轰"地一声启动了"沉睡着的汽车"，脖子上的青筋暴着，大吼一声："下去！这是给供销社拉肥料去哩！"接着，便是村民低声下气的哀求。之后，这群人便在"官路"上晕头转向，一路颠簸。而钦民的笔触巧妙地落在了点上——这条颠簸的路，成了乡村干部盘剥农民的最好借口。多少年来，村民辛辛苦苦从土地里挤出油水，被那些没良心的地方官混光了，路依然没有修起来。于是，这条坎坎坷坷的"官路"就有了象征意义，不仅象征着村民命运的一波三折，也象征着农村社会改革的艰难复杂。

在《骗你没商量》里，钦民写了那群到处拉赞助、一点信用也不讲的"小记者"，笔触直指这个人的卑劣和粗俗。在《上当一回》里，钦民别具匠心，与其说他用心写人物，不如说他是在写一种心态，一种社会风气；那个"工资的档次也到顶了"，而且通过努力，也获得了名牌学校函授毕业证书的"朋友"，为了自己的虚荣心，想弄一个名牌大学的毕业文凭，结果"一步步进了骗子们设置的圈套"。这样的写作别具匠心，批判的锋芒指向价值观念层面的"腐败"。在他那入木三分的文字里，可以发现，精神腐败已经渗透到某些人的骨髓，正污染着当下的社会风气。

文如其人，钦民的写作有点儿愤世嫉俗，即使那些看似冷静客观的叙述性的描写文字，仔细品味，你便不难发现其中也蕴含着无法排遣的激愤情绪。我了解钦民，他是我的老朋友。他有正义感，始终怀抱强烈的忧患意识。

他也因此多了几分生存的艰难,仕途上不那么一帆风顺,甚至得不到一些人的理解。他似乎活在一种"阴影"中,而可贵之处在于他努力冲破这种"阴影",读书和写作是他冲出"阴影"的一种方式。这样,更影响到钦民的做人。他做人的确极为认真,他曾经告诉我:"人活一辈子,应该有个主题,而这个主题的选择,既要符合自己的爱好,又能够体现社会价值"。

我认为,钦民为文和他做人一样——他不追求文章的"卖点",而执著于文章的"含金量"。这样,钦民自然就把那片黄土地上的小人物及其命运和苦难作为自己创作的主题,他的笔锋因而充满了批判和讽刺色调,指向对坎坷命运的深层思考,解剖扭曲生命和灵魂的社会原因。有人认为,钦民的作品有些悲观主义色调,在我看来,这正是他的积极之处。他发现了阳光下的阴影,千方百计地想把这些阴影消除。但单单凭着他个人奋斗的微小力量,无论如何也是不可能的。

"知其不可为而为之",追求社会的"公正",梦想底层百姓应有的"尊严",并通过自己的方式不懈努力之。这不正是中国知识分子宝贵的精神传统吗?钦民创作实践,难道不可以作为这个地方先进文化的代表吗?

钦民的写作不自觉地受了鲁迅的影响。钦民青少年时代就到江西当兵,到新疆打工,在最寂寞的日子里,他找到了知音,鲁迅的书陪他度过了寂寞的岁月。仔细阅读钦民的作品,可以找到他和鲁迅的某些精神联系。譬如,他对那片土地上的小人物所持的心态:既同情他们的不幸,又恨其愚昧。他渴望和谐的乡村社会,恨不得把那些不和谐的"社会垃圾"一扫而光。

"读书,读鲁迅先生的原著是我生活的一项内容。譬如,我细读《故乡》,揣摩作品的思想意义,然后考察作者如何进入创作的其他过程的",钦民在一次来信中如是说。基于这一点,我不同意有些人所说的——钦民走的"野狐禅"的路子。只要你细细揣摩钦民笔下的人物和场景,都可以发现其中的审美意蕴,与中国现代文学传统有某些师承关系。譬如,他写人物,总给读者想象和深思的空间,引发读者对乡土生活的联想,唤起你思乡的怀旧情绪。正因为这样,我认为,其中不少作品是有生命力的。这其实没有奥妙,而是与作者的写作心态有关——以一种社会责任感来写作,不媚俗、不媚权、不媚某些势力,自然可以顺从心性,找到创作的一些自由。读这些小品文,我感到钦民的文笔游刃有余、从容不迫，让读者在阅读过程中，不知不觉地回到了"乡土中国"。

钦民的写作绝不是文字游戏，他是用心灵体味人生，努力体现自己的创作个性。他和他笔下的那片土地上的小人物，有着心灵上的相通。他努力通过这些人物，发掘其中的社会文化内涵。值得注意的是，他的作品中时时有"我"，他凭借自己的生活体验和艺术感觉，找到了适合自己的表达方式——讽刺小品文。

对于这种文体，有人认为这是"小儿科"，不登大雅之堂。但我觉得，讽刺小品文以它的快捷，以敏锐的思考，以漫画的手法，为喧嚣而沉寂的乡土社会"立此存照"。我觉得，钦民的写作有自己的姿态，他不"跟风"，不追虚名，只是一味认真履行自己的责任，实践自己的正义感，而随感色彩很强的小品文，正适合表达他的观察与思考。另一方面，钦民做过基层通讯员，以后又当法官，活在世俗社会中，谁都免不了扮演几种角色。社会不可能专门给他提供一个"象牙塔"。他整日里忙忙碌碌，选择讽刺小品文，自然有他的理由和初衷。

总之，他以这种方式，即兴描摹出社会转型期的种种怪现象。他因而提高了艺术写作技巧，提高了艺术创作的思想水平。并以这种写作方式，活化出那片土地上形形色色的人物，活化出那群黄土地上倔强的灵魂。他的作品，表达了那片土地对小康社会的渴望，对现存矛盾和苦难的超越。而最可贵的是，钦民的写作不回避现实，他思考的笔触直指社会方方面面的矛盾。有些作品可谓言辞犀利。从某种意义上说，钦民以自己的写作方式，不自觉地充当了那片土地的"代言人"。

当然，钦民的写作也存在一些不足。譬如，他面临如何超越自己，爬向新的创作高度的问题。当然这需要时间，需要继续坚守自己的追求，需要不断地努力。我衷心祝他一路好运。

勤奋方能著华章

王天瑞

记得是那天的中午,《周口晚报》的一位文学副刊编辑一见到我,便给了我一份当天的报纸,让我看看文学副刊上侯钦民的小小说《良心》写得怎么样?

《良心》写的是法院执行局的五位法官,以极其辛苦的行动和苦口婆心的劝说,促使被执行人思想醒悟,同意立即还清债务。我说,这篇小小说情真意切,感人肺腑,应该把它推荐给全国有影响力的报纸。

很快,《良心》就刊登在中国小小说的权威品牌《小小说选刊》2010年第4期上,文末还标注着:选自2009年11月11日《周口晚报》。后被收入广西漓江出版社出版的《2010中国年度小小说》。2012年7月,《良心》又荣获周口市第二届文学艺术优秀成果奖入选作品奖。

侯钦民曾讲过业余作者发稿难的故事。1982年初,他写出第一篇报告文学《罪过应该归于谁》,虽然自我感觉良好,却不知能不能发表。一天,他乘车跑到地区,把稿子送给一家小刊社。编辑看他是从乡下来的,便一目三行地溜了一遍,说只编"歌颂"的,不编"揭露"的。侯钦民心灰意冷。好在当时地委宣传部的王尚林副部长看过这个稿子后,嘱咐说,把稿子投到外地去。侯钦民就把《罪过应该归于谁》投到了黑龙江省。真是不出王尚林副部长所料,这个稿子顺顺利利地发表在《家庭生活指南》1982年第6期上。不过,我从这个故事里听出的却是侯钦民写的稿子起点高。

侯钦民写出的稿子敢向大报大刊投。2003年5月,《人民文学》曾进行过一次震动全国散文界的"百天征文"活动。对于一般作者来说,登《人民文学》就像登珠穆朗玛峰。《人民文学》搞征文,一定是高手云集。侯钦民看到征文通告后，跃跃欲试。几位同事逗趣说："钦民，你要能获奖，我们几个请你的客，你要获不了奖，咱谁也不请谁。"众人哈哈大笑。侯钦民想，这次征文，正是检验他创作水平的大好时机。于是，他就创作了一篇游记散文《相邀德州》，投去应征。8月，《人民文学》向全国发出获奖通告，其中侯钦民的《相邀德州》荣获优秀作品奖，并被编入"百天征文"作品集，由中国文联出版社出版，全国发行。一天晚上几位同事加班后，决定请客，簇拥着侯钦民走进一家烩面馆，每人吃了一碗热腾腾、香喷喷的烩面。

侯钦民是位高产作家。他的散文《悠悠岁月情》，荣获湖北省作家协会举办的"黄鹤杯"情爱作品大赛二等奖。他的小小说《王二愣小传》，荣获山东省《当代小说》举办的"古贝春杯"全国暨海外华人小小说大赛三等奖。他的散文《老表喊我兵哥哥》，荣获山东省《鲁北文学》举办的"美丽中国人间友爱"征文大赛三等奖。他的散文集《生活无故事》由中国文联出版社出版。

2012年6月，侯钦民当选为鹿邑县作家协会主席，兼任《老子文学》主编。听起来，主席的名字很是悦耳，其实作家协会是个松散的群众组织，主席无职无权无钱，只有为文学爱好者服务的职责。本来，侯钦民从事的是一项威严工作，紧张、繁忙。他处理作协事务、主编《老子文学》，全是业余时间进行。侯钦民在岗位上勤奋工作，在业余时间勤奋写作、勤奋地为文学爱好者服务。《老子文学》虽是小刊，但质量上乘，每期都有著名作家的新作。像陈廷一、朱秀海这样的"大家"，也都曾寄来新作，给予大力支持。《老子文学》不但宣传了老子故里鹿邑，也为文学爱好者提供了创作园地，为繁荣文学事业倾尽绵薄之力。在一段时间里，侯钦民发现，收到的小小说作品精彩纷呈，他就把一部分编入《老子文学》，又挑选10篇推荐给《北京精短文学》。2013年9月，喜讯从北京接连传来：侯钦民推荐的那10篇小小说，被《北京精短文学》第9期以"老子故里——鹿邑小小说沙龙作家作品小辑"专题全部发表；中国内刊协会授予《老子文学》"中国梦——优秀文化传播金号奖"称号，并颁发了红彤彤的证书和金闪闪的奖杯。

勤奋方能著华章。我想，无论时代怎样前进，也无论社会怎么发展，时代和社会都需要像侯钦民这样勤奋的人。

（作者系原周口市文联副主席）

把老子的精神传承

寒江独钓

听说侯钦民兄和他们的作家协会创办了一份《老子文学》杂志，很是为他骄傲。

虽说关于老子的故里究竟在哪儿，很多地方一直争执不下。但据史书记载、专家考证，鹿邑是老子的故里，这一点还是毋庸置疑的。（注：也有说鹿邑是老子生长的地方，涡阳是老子出生的地方）那么，《老子文学》在老子的故里鹿邑诞生就是众望所归的事了。

我曾经有幸去过一次鹿邑。那一年去参加完商丘市人大、政协主办的建党90周年红诗赛颁奖大会后，应侯钦民兄相邀去了鹿邑。鹿邑这个县城是不能用繁华词句来形容的，古色古香的建筑，道路两旁绿化得很好，走在整洁的街道上，你看到鹿邑的每一个人都是友好的笑容。你要是上前问个路，他们会给你介绍得明明白白，有的甚至会带你到下一个路口，然后才告诉你当左转还是右转。走在鹿邑的土地上，你会少了一份浮华，多了一份淡然心境。

当钦民兄承诺这期《老子文学》出刊后，给我寄上一本，我就一直数着日子，静静期待着。当终有一天，一本厚重大气又不失浓郁乡土气息的杂志摆在我案头的时候，一股清新的墨香直沁心脾，让我欣喜若狂。

迫不及待打开杂志，卷首语《夏天的祝福》就让我沉浸在美好遐思中。"你看，夏天湛蓝的天和绿油油的叶片总令人感到舒坦；夏荷浮在水面，摇曳在丝丝缕缕的清风中，大片大片的向日葵，散发着迷人的光芒。坐在一把藤椅上，品着一杯浓浓的茶……"这是何等的意境，仙境又如何？翻开杂志，走入其中，一篇篇质量上乘的文章，让人目不暇接。德州作协副主席邢庆杰的散文《鲁北六记》，职业作家刘正权的小说《红灯要比绿灯多》，河南本土著名作家侯发山的小说《爷爷的染坊》，刘艳杰的《每天一杯凉白开》等等一系列作品无不给人留下深刻的印象，让人回味久久。

杂志的版面设计规范而不呆板，特别是在每一个文章标题的表现上，你会由衷地感到他们的独具匠心，每一个文章标题设计都不同。有的是体现在字体上的不同，如有的用粗体，有的用草书，有的用楷书；有的是体现在图面上的不同，如有的标题用方框，有的用十字形，有的用其他不规则的图形。反正，读杂志的过程中，你一直处在一种新鲜的感觉中，一点审美疲劳都没有，能做到这一点，是难能可贵的。掩卷，一幅《鹿辛运河之春》图映入眼帘。清亮的河水，绿树红花，倒影幢幢，好一幅绿意盎然、清新宁静的场景，给人美的享受。

看到这精美的杂志，我就会想起为此付出无数精力的钦民兄。钦民兄是性情中人，为人豪爽，喜欢喝酒且酒量惊人；钦民兄文章精妙，语言独到，有写天下大文章的气概，享有"老子故里代言人"的美誉。《老子文学》的创刊是鹿邑文学界的盛世。我一直相信，《老子文学》在钦民兄所带领的作协团队精心浇灌、培土、施肥下，这株种植在我们心灵上的幼苗，一定能够茁壮成长，绿树成荫。一定能把老子的精神传承，并发扬光大。

为之祈祷，为之祝福。为《老子文学》杂志，为我的钦民兄长。

小天地也能写出好新闻

——记鹿邑县委新闻科副科长侯钦民

闫从良

初夏的一天，我走访了河南鹿邑县委新闻科副科长侯钦民。他虽然脱了军装，但仍保持着军人特有的仪容和气质。他说话认真而风趣，寒暄之后，我顺手翻了一下他厚厚的集报本，对他所取得的成绩表示钦佩，他谦逊地一笑，陷入了沉思，他说自己走过的是一条艰难的路程。

70年代初，将要高中毕业的他多么想考大学啊！混乱的现实给予了他否定的回答。1974年10月，他辍学从戎到了江西鹰潭某部，在部队受到了锻炼。他还利用业余时间钻研新闻业务，提高比较快。后来，复员回到了家乡。

党的十一届三中全会以后，农村涌现出了不少新气象，也存在着与社会发展不相适应的各种问题。他手痒了，要拿起笔去讴歌、呐喊。白天，他在地里耕耘；夜晚，在煤油灯下写作。冬天，不顾寒冷；夏天，不怕蚊虫叮咬。他口袋里经常装着小本子，发现报道线索及时记下。在劳动过程中，他脑子里时时在琢磨新闻报道的"点子"，达到了入迷的地步。不久，他写的新闻《李堆村坚持办科技培训班》《去年堵后门 今年绝后门》等相继在《河南日报》《人民日报》发表。这下，轰动了乡邻和当地政府。他先被招聘为乡文化站站长，后又被破格录用为国家干部、宣传部新闻干事。现为新闻科副科长。

他在写作实践中，深感自己知识贫乏，他就努力提高政治觉悟和文字运用能力，大量阅读新闻业务书，并参加了新闻函授学习。

"处处留心皆新闻"，是他写稿的"秘诀"之一。一次出差去周口市，朋友请他到街上吃馄饨，不进国营饭店，却跑到一位担着挑子卖馄饨的农民那儿，因为他的馄饨个大、数多、味美、价廉。对此小事，他边吃边思索，就国营饭店应该如何经营的问题，写成了杂谈《找着吃》，出差没到家，就发表在《河南农民报》上。

他下基层采访，善于捕捉看起来似乎不起眼的小事，实际是人们关心的重要问题。他几次到食品部买肉，发现卖肉的马师傅善堵"后门"，其中堵的有税务干部，有自己的儿子。马师傅以身教子，"掂刀不认人"的精神，获得柜台外一片赞扬声，他钦佩之余，写下了《去年堵后门 今年绝后门》，分别被《河南日报》《人民日报》采用。

为人民鼓与呼，是他写稿的指导思想之一。一次本乡供销社在兑现农民棉花款时，不给现金，塞给商品，这不是明显的强买强卖侵占棉农利益吗？他写了《要方便农民，不能卡农民》的批评稿。不几天，省报一版刊出此稿并加了编者按。

偏执的"写手"

郭亚东

我的家乡是酒的故乡,一句"鹿邑县的麻雀喝四两",传播得很远。一说起酒,我就想起钦民。钦民是我的同乡,自然对酒情有独钟,这些年过去了,大概是他真解了酒中三味,才写出来了一组《酒乡 酒人 酒事》的散文。

一般说来,爱酒的人性情旷达豪放,钦民也不例外。他在文章里写道:"本人爱酒且好客,常在酒场上客未坐定时,便率先伸出胳膊,扬言横扫一圈。"瞧,那气概多显英雄本色!在结识的家乡文友中,我与钦民接触较多。有那么一阵子,我们几乎每个星期都要见上一面,见了面谈谈文学,聊聊世道或家长里短地胡侃一通,然后就去喝酒,往往不是他醉,便是我狂。

钦民出身农家,他在校读书的年代,知识并不那么重要,钦民却爱读书。高中毕业后,他为了生计,就远去新疆。钦民的文学起步是从打工生涯开始的。其中的艰辛可想而知。但命运对他不算刻薄,他通过自己的努力,从新疆回乡后去了乡文化站写稿。不久,又去了县委宣传部写稿。按说,一个青年农民能混到政府部门耍笔杆子已算不错了,但他没有满足,除尽职尽责地完成公务外,就一头扑进了文学的海洋中,疯狂地写他的文章。如今不仅数量可观,质量上也屡有上乘之作。前年,他从县委宣传部调到县法院工作,工作环境变了,但他并未放弃对文学的追求,正如他自己说的那样:"文学是我心灵的依靠,文学是我精神的寄托。"

现在,人们越来越"务实"了,钦民对文学的追求似乎有点悲壮、有点不合时宜,甚至显得张狂孤僻。但他那样的"偏执"让我感动。近年来,我客居京城,彼此相见甚少,我则更多的是从他作品里读出了那片土地上岁月的苍凉和他对人生的感悟,从未见其有媚俗媚官的文字。我知道,他的这点纯正是基于人格的独立和心灵的率真。每每读这些文字,总会让我生出感慨来。

有人劝钦民:"你在官场干这么多年,要是写几篇东西给领导吹一吹,早该是个科长了。"钦民说:"我的作品是心灵的歌,违背内心的真实,拿自己的作品贿赂领导,那不和娼妓差不多?"这话若是说在酒场上,他准酒杯一摔,昂首而去。接着,同事们会议论:"钦民这人,真的没救了……"这样尴尬的场景,我见过不止一回。

野莽出家,归修正果。一次,我戏谑他说:"我从省作家会员的名单上看到了你的名字,你真的是作家了!"他听了,一双大眼睛瞪了我两下子:"啥啊,我有自知之明,顶多是个写手罢了。"

去年,我回到了家乡小城,在街上看到了钦民,他行路匆匆。此刻,街上车水马龙,我只能隔街而望,喊了几声他也没有听见,心想,这老兄整日里真忙啊!

第五辑 印象记录

心灵的守望

胥茂森

昨天，侯哥打来电话，说《老子文学》杂志被中国内刊协会评为2013年度优秀内部报刊，其高兴劲儿不亚于老年得子，我也替他高兴。毕竟，这是侯哥牵头创办杂志两年来，继去年8月份被中国内刊协会评为"中国梦·优秀文化传播"金号奖后，获得的又一个奖项，可喜可贺！

近两年来，《老子文学》累计印发五期，其间艰辛只有侯哥自己知道。我虽作为县作家协会的秘书长、《老子文学》执行主编，平常业务工作忙得尚喘不过气来，哪有时间顾及这些"业余爱好"，只能算沽名钓誉罢了。当然，其他执行主编以及编委也是精力有限。因此，从约稿到组稿，从组稿到编印，从编印到分发，侯哥承担了绝大部分工作。费心劳神不说，印发杂志是需要经费的。作协是一个社会组织，编印内部刊物只能依靠社会力量，依靠人脉关系，侯哥主动承担其"化缘"的重任。于是，他便放下法官威严的架子，利用业余时间找"伙计们"资助。找人赞助出版一份文学刊物，在这个以市场为主导、经济利益至上的年代，何其艰难！侯哥便到有知识有文化、热爱文学的私立学校、企业老板那里去"游说"，甚至把作协拥有一批文人，可以帮助企业策划、宣传，可以在刊物上发表作品作为"诱饵"，劝其"施舍"支持作协。就这样，靠游说，总算印发了五期，其中过程远不像我叙述得这么轻松。有一次，他联系到一家酒厂，厂方领导回电话同意给些赞助，可本地的一位代理商却向厂方汇报说作协一帮子穷酸文人能喝得起我们生产的酒吗？更不会买我们的酒……就这样，眼看着一桩要办成了的事在这位代理商的搅和下泡了汤。还有一次，我陪侯哥到一企业"化缘"，该企业一副总接待,他刚知道我们的来意,还没等我们把话说完,就泼了一盆冷水,说道:"现在人人都忙着挣钱,谁还有时间读你们写的那些胡诌八扯的小说呀,把钱省下来上午我请你们吃饭吧!"侯哥当时脸就变了颜色,正要说些什么,顿了顿说:"饭也不吃你们的了,省着吧!"说罢,拂袖而去,走到路上,侯哥长叹,文人的命运真是惨啊,文学的路越走越窄!尽管如此,侯哥依然坚守着心灵的那片圣土。他说,自己平生两大爱好,一是写作,二是喝酒。

因为爱好写作,他在部队当了文职秘书,退伍后又由一名公社广播站业余通讯员转为国家干部,后来任县委宣传部新闻科科长、县法院执行庭副庭长等职务,侯哥说,是写作成就了他。当然,在侯哥看来,当多大官不重要,重要的是能够做自己喜欢做的事情,就这样,他放弃了在县委正科级干部的位子,到法院当了一名正科级的普通干警。

因为爱好喝酒,让他结交了许多朋友,也让他品悟了人生,看透了一个个酒前酒后不一样的嘴脸。于是,《酒乡 酒人 酒事》《相邀德州》等系列散文,写出了一群乡村小人物的喜怒哀乐,通过对这些小人物喝酒的行为神态的描写,让人感受到了"平凡世界"应有的尊严以及这些小人物对幸福生活的渴望,而那"大喝""特喝"的酒仙、酒鬼、酒圣的形象,也活灵活现地展现在"酒人"的笔端。"酒人"挺好玩儿,酒过三巡,即把《我和妻子》《嫂子》《女理发师》的事全都抖了出来,让你回味自己的生活,感受多彩的人生。酒在侯哥的文章中跌宕起伏,在他的生活中也是多姿多彩。他在文中曾这样写道,"本人爱喝酒且好客,加上在酒场上好谝能,常在酒场上客未定时,便率先伸出了胳膊,扬言横扫一圈",还常以"酒仙"自诩,常常是"高手喝酒,五档起步",在别人未喝时,先抽半斤,再与客人同一起跑线上枚。至于,侯哥酒量多大,我不知道,但我在县委宣传部工作时,接待河南日报一位记者时,谈到侯哥与他交往时曾这么夸下"海口","豫东一带,鲜有对手。平时到乡下采访,从不需要带钱,酒肆饭馆报上名号,备酒肉讨教指法者,摩肩接踵。各位有时间到鹿邑采访,饭不敢说能吃好,酒肯定让喝饱",我不知道侯哥是真有这么大酒量,还是邀请客人用的什么招法。但,酒后的侯哥,也上演了一些让人啼笑皆非的镜头,但是这些镜头的后边，毕竟有一些让他心中愤愤不平的事情。他说，现实生活中确有一些中山狼式的人物，无才无德，靠溜须拍马，花钱弄得了一官半职，得了势便猖狂起来，早已忘记他的先祖也是百姓。他那种疾恶如仇的情结便会在胸中燃烧，以至于自己无法控制。但是，不喝酒的侯哥，对待看不惯之事，却能深藏不露地埋在心里，对待任何人都热心，看不出有什么爱恨来，让你觉得他也像一个有心机的男人，其实不然，酒后才是他的真性情。我认识侯哥虽有二十年，但真正了解他，也就近两三年。侯哥为人仗义没啥说的，在他的笔下，关照着一个个困难人物、弱势群体，鞭挞着权势给人们带来的不公，扬善惩恶一直是他笔下的主基调。读了《派车》《嫂子》《追查》《恶人恶报》《官路》《上当一回》，会让你对侯哥的正义感肃然起敬。对人如此，对待任何生灵也都如此。昨天，他说一夜没睡着觉，问其原因，他说在去年8月15的时候，家里侄子送来两只小乌鸡，死了一只，另外一只喂到现在。近两天不知道从哪里冒出来了一只黄鼠狼，一天夜里黄鼠狼把鸡拉到了墙跟前，好在家里的墙头高没有被拉走。此后，每天晚上他都要把鸡抱回屋里，可昨天忘了。想起来抱回屋里吧又有一点怕冷不想下床，不抱回屋里又怕黄鼠狼叼去，就这样听着外边的动静，心里犯着纠结，一直到了天明。我说侯哥，你真的是在自扰，多好决断的事你纠结什么呢？还有，他家属楼门前有两只流浪狗，看到他就像见了亲人一般，侯哥上班送好远，回来了迎好远，每天饥饱全等侯哥就餐后给他们带些回来。两只流浪狗结束流浪生涯已半年多了，成了侯哥离不开的朋友。在侯哥的生命里，底层与弱势群体的生存一直是他笔下关注的焦点，也是他心灵坚守的底线。侯哥对文学的坚守，虽然比不上文学大家，但成绩也不菲。至今已在《当代小说》《解放军报》《检察日报》《农民日报》《经济日报》《河南日报》《大河报》等报纸杂志发稿多篇，出版有作品集《生活无故事》。他写的小说《良心》《王二愣小传》获2013年《当代小说》优秀作品奖，周口市第二届、第三届文学艺术优秀成果作品奖。

　　说了半天的侯哥，你知道他是何许人也？侯哥者，是朋友圈对我这个朋友的惯称，无论年龄比他大的还是比他小的，都爱这么称呼，实乃鹿邑作家协会主席侯钦民是也。

平民作家 知性文人

——河南省作家协会会员、鹿邑县作家协会主席侯钦民印象

侯俊昌

在姹紫嫣红、桂馥兰馨的河南文学百花园中,侯钦民或许并不那么璀璨夺目,光彩照人。然而,这些年,他却始终秉承着"文字修身、文字立志、文字救世、文字报国"的文学理念,肩负着"为黎民百姓呐喊,为天下苍生代言,为社会公平呼吁,为人类文明奉献"的文学使命,殚精竭虑、心无旁骛地在纷繁复杂的社会乱象中奔走呼号,用文字的匕首、标枪为社会疗伤,以此唤醒民众的文化自觉、文化自醒、文化自重、文化自信,从而在精神层面构建一种人生信仰。

钦民兄性情刚烈,疾恶如仇,一身正气,让人肃然起敬。出身行伍,不褪军人本色,转业新闻宣传战线,永葆文人傲然风骨,跻身法官队伍,更是挺拔而立,努力呵护公平正义。无论时代如何变迁,无论角色如何转变,那浓烈如酒的男儿血性丝毫不减,那忧国忧民的赤子情怀始终未变。基于此,他的作品多以小说为表现形式,用独特的镜头去捕捉芸芸众生,审视乡土中国,关注底层生活,触摸时代脉搏,鞭挞社会丑恶,力图用文字去开辟一个风清气正的朗朗乾坤,营造一个自然和谐的人间世外桃源。

钦民兄目光睿智、思维敏捷、洞察秋毫、文笔犀利,平生最恨不平事,嬉笑怒骂皆文章。他的小说,多以现实中国的底层生活为场景,以法治中国进程中的矛盾冲突为焦点,揭露批判社会转型期的沉疴、痼疾。如《官路》

一文，通过描写一群进城买东西的李村人，低声哀求搭车难、一路颠簸行路难、数年集资修路难等情节的铺垫，让"官路"与"民心"在现实中发生摩擦、冲突、碰撞，把矛盾推上顶峰，辛辣讽刺，直中要害。《恶人恶报》一文，通过善良本分的王二被凶恶歹毒的江二毛"碰瓷"敲诈的描述，反映了乡土中国某些方面人善被人欺的社会诟病，让人胸中块垒积万千。结尾处，笔锋急转，柳暗花明，绝望的王二在江二毛家上吊未遂，生死绝望的较量，反戈一击的举动，正义与邪恶的博弈，良知与人性的拷问，终究是邪不压正，恶人自败，实在大快人心，痛快淋漓。钦民兄对小说中的乡土人物，既寄予了同情，又哀其不幸，怒其不争，恨其愚昧，笔力所触之处，皆是文明社会的阳光没能覆盖和照耀之地。如《嫂子》一文，通过给同村办小学教师的孩子调动工作一事，嫂子还要去城隍庙烧香："城隍爷灵着呢！"只言片语的诉说，略施笔墨的技巧，人物的迂腐形象跃然纸上，农村文化普及的紧迫、文明进程的艰难可窥一斑。在高度关心关注平民生活的同时，钦民兄不忘痛斥机关病态，剑指机关"四风"。代表作《派车》《发不出去的判决书》尤为引人注目，派车难、判决书发放难，简单得不能再简单的小事，平常得不能再平常的情节，在一些病态的机关运行规则里，却真实而淋漓的上演，让人深恶痛绝，很具警示意义。钦民兄的小说就是这样自然、率真、随意、性情，信手取材，寓意深刻。

　　钦民兄涉猎广泛，文路宽广，亲情散文是他特别拿手的体裁，其实，这与他内心深处的柔软、痛楚、阅历、感悟有关，也与他敏感、善良、多情、感恩的人生态度有关。钦民兄外表冷峻威严，刚毅深沉，或许，正是中国知识分子那种清高孤傲、特立独行的品性、品格、品行使然，也是他多年的法官职业特性使然。钦民兄人生经历复杂，阅尽人间万象，心境早已沉淀，现实中最直接最明显的反应就是喜怒不形于色，悲欢不示于人，独守着内心的宁静与喧嚣，从不轻易让人窥视内心难以名状、无法言表的情感历程。读钦民兄的亲情散文，你会领略到他坚强外表下不同常人的细腻、体贴、隐忍与脆弱，体味他参透悟透一切的禅意人生中所表现出来的那份执着、达观、昂扬和力量。《怀念爷爷》《留在记忆里的亲情》《当兵的日子》《情谊，难以忘却》……每一个主人公，每一个小场景，每一个小片段，总能勾起人们的万般遐思，引发人们的诸多感慨，那些铭心刻骨血浓于水的亲情记忆，那些如泣如诉欲语泪流的亲情故事，那些永不再来无法复制的亲情岁月……总能在我们心中掀起阵阵潮汐，覆盖着、拍打着、揪扯着红尘里每一根敏感的神经，每一个脆弱的细胞，每一个疲惫的灵魂，让人于无尽的追忆、追诉、追思、追念中感怀、感伤、感动、感叹。读他的亲情散文，就是接受一次灵魂的检阅，一次心灵的洗礼，就是进行一次人格的升华。他的亲情散文，百读不厌，常读常新，语言朴实，娓娓道来，如涓涓细流，舒缓有度。似滴滴甘霖，润物无声。人物形象丰满，细节处理巧妙，感情浓烈，意蕴丰厚，叙事时层层铺排，抒情处水到渠成，于无声处听惊雷，笔墨深处引共鸣。如《怀念爷爷》里写夜晚翻身掉床，爷爷急寻不到的焦灼急切，找到之后的痛惜疼爱，着墨不多，感人至深。尤其写爷爷点着灯光从头照到脚地小心察看，仔细端量，让人无法自持，泪水汹涌。或许，这就是钦民兄文字的力量所在，驾驭文学的功底所在。其实，这更是他苦难人生、悲情岁月里对人生、人性深深仰望的情感升华、人格塑造之所在，没有对生命的敬重、敬仰、敬慕，没有对人生的热忱、热爱、热恋，没有对亲情的渴盼、渴望、渴求，是不可能达到如此境界、如此效果的。

　　钦民兄为文追求自然、崇尚自然、反对语言晦涩难懂故弄玄虚，反对内容空洞无物华而不实，他认为文章要有灵魂、有思想、有观点，就像人一样，性格鲜明，特征明显，否则，文章不接地气，没有受众。他的每一篇文章，都是从长镜头大视角的乡土中国撷取一抹生命的亮色，立足时代背景，立足广阔天地，看了让人觉得是那样可亲可近，《那些年，我又想起了"国富叔"》里面的国富，《嫂子》里的嫂子，《女理发师》里的秀秀，《梦醒时分》里的慧，《酒乡 酒人 酒事》里的每一个酒仙、酒圣、酒怪、酒徒，读后俨然觉得，他们就是邻家大叔大婶，就是胞兄胞妹，他们就是我们现实中的翻版。钦民兄笔下的人物，一个个立体鲜活，那是因为作者熟悉他们，了解他们，对他们剖析的深入、透彻、精准。钦民兄始终用白描手法，一描到底，使人物形象活脱脱地站立或行走于乡土中国的民俗画卷里，传神生动，呼之欲出，又似镶嵌于特定的历史场景中，形成一幅永恒的时代记忆。这种语言、这种风格、这种坚守，在当今社会实属难得。

钦民兄性情旷达,淡泊名利,在他身上,既有儒家的执着,又有道家的洒脱,独立于世,不逐俗名;优雅生活,不追俗利;内外兼修,超然物外;知行合一,淡定从容。他认准的人、认准的事、认准的理,坚持如一,一以贯之。生活中他以文会友,以酒交友,他常说:"文可见心,酒能见性。"平日,与三五文友相邀,品茗饮酒,煮文烹字,指点江山,逍遥人生,岂不快哉,一生又有何求?一生又需可求?做人做到这样的境界,生活活出这样的品位,足矣!钦民兄,你就像一朵出水的芙蓉,向世人展示出你那天然雕饰的精美,天然恩赐的神韵,留下一抹淡淡的清香,氤氲一个去留无意花开花落的锦瑟年华!

后　记
（补记）

侯钦民

　　有著名传记作家陈廷一老师的序，还写什么后记呢？这不是画蛇添足、多此一举吗？但是，一些事情憋在心里不吐不快，不说出来总觉得这本书不完整，因为这本书里所记录的是我一生的过往，是对我一生的总结；抒发的虽是我一生一世的情感，但还不能完全表达出我的心声，以及我对人生的痴迷。我知道，每个人的一生都会有遗憾的，这是人性中的弱点，我也不能例外。那么，这些意犹未尽的话，就叫补记吧！

　　这本集子搜集了我从1980年至今写的一些新闻稿件，同时也有业余时间写的一些零乱的发表在全国各类报纸杂志上（包括网络上）美其名曰小说、散文、诗歌的东西，还有几篇报纸杂志不敢发表的文章。

　　千里之行，始于足下。我能从文学路上起步，首先要感谢的是《新疆日报》那位不知道名字的编辑，我在新疆打工的日子里，是他在《新疆日报》编发了我的第一篇作品《作家们，多写写新人吧！》，发表于《新疆日报》1980年3月16日第四版；还要感谢《人民日报》那位不知道名字的编辑，是他编发了我的第一篇新闻作品《去年堵后门　今年绝后门》，发表于《人民日报》1982年11月1日二版，虽然发表的文章都不长，但是，对于初次在国家级党报上看到自己的文章变成铅字的我，那种激动兴奋的心情是难以言表的，极大地鼓舞了我的写作热情；还要特别感谢时任鹿邑县王皮溜公社的仵广才书记（后来当了县委组织部副部长、副县长），是仵广才书记把我——一个农民的孩子调到了公社文化站，让我真正走入了文化领域；感谢后来继任的书记毕其才，他安排人拿出经费鼓励我上函授，并且介绍我加入了党组织；感谢时任周口地区宣传部副部长的王尚林，是他坚持原则，把爱好新闻、写新闻的我，每年推荐为地、县模范并极力推荐我转了干部；感谢鹿邑县委宣传部通讯报道组王自新老师，我每发表一篇稿子，他都给予我热情的鼓励；还有武装部的王建良干事，为了鼓励我写稿，他给我买饭票、安排住宿，给予我很多无私的帮助；更要感谢的是，当时时任鹿邑县委新闻科（后来由通讯报道组升为新闻科）科长的范仲杰（我因为爱写批评稿，宣传部的一位副部长不同意我调到县委新闻科），是他力排众议，极力推荐我调到了县委新闻科，使我有了一个宽松的写作环境。

我还要感谢的是近些年来帮助我、激励我写作的文友、老师们，像著名传记作家陈廷一，北京外国语学院教授谢庆立，河南日报社的杨玉璞，周口日报社的顾玉杰、李建成、马四新，鹿邑县委的胥茂森、人民银行的郭亚东等；还有文友侯俊昌、刘艳杰、吴杰、尚纯江、朱祖领、宁高明、陈新合、焱森；还有省外的著名作家邢庆杰、山西作家李玉敏、甘肃作家红尘有爱等文友的鼓励和支持，使我鼓足信心整理出版这一本书。

在这本书出版之际，我更要特别感谢的是北京的编辑飞鸟看了我的初稿以后，鼓励我尽快修改好书稿，准备出版。我这个人是什么苦、什么累都受过，什么事都可以忘记，唯有欠别人的情，我永远都不会忘记。

什么叫感恩？感恩就是别人对你的好，你永远不要忘记，铭记在心！一生一世！

此刻，我唯怀一颗感恩之心，聊表对众友的深深谢意。感恩的心，感谢有你！